Contents

目錄

U0002128

書店職人讀字母會

專欄

編輯室報告
──自我是焦慮的場所──

二〇〇五年黑猩猩完成基因體定序後，人類赫然發現，原來我們跟黑猩猩只有一‧二％的差異，也就是在三十億個核酸鹼基中，只有約一千五百萬個不同。科學家進一步研究，發現這當中有一個差異就是大腦的第一號人類加速區（HAR1），這個地方的演化控制了人類大腦皮層的皺褶，而這個部分與感知、思想、情緒和行為等有關。也就是從六百萬年前，人類與黑猩猩在演化樹上分道揚鑣後，注定人類終其一生，將對自己複雜的情感與行為感到困惑。

在一百多年前，有一個人將人類的心靈與意識凝視成整個神祕的宇宙，佛洛伊德對心理提出看不見的動力學與發展史，一九二三年出版的《自我與本我》中，佛洛伊德認為自我的焦慮，來自它同時是外部世界、依循本能的本我與嚴厲審查的超我的可憐僕人，「自我是焦慮的真正住所」，它獨自面臨著愛欲與死亡兩種本能的煎熬，不知為何愛可以變成恨，而恨又變成了愛。佛洛伊德判定，人類將自己活成一個龐大的潛意識，記憶只是一種痕跡，並不可靠，所幸佛洛伊德肯定是愛好文學之人，他給予黑盒子的希望是，人類可以利用言語表象兌換出一部分的潛意識，為自己所知所感。

喜讀佛洛伊德的小說家陳雪，從一九九五年出版第一本作品《惡女書》，顯然不斷在兌換深埋於她記憶與內心的情感宇宙。在本期專訪中，她自陳尚不知同志為何時，她因受到安娜伊絲‧寧日記改編的電影衝擊，開啟了對女女情欲與母女關係的探索，被冠上酷兒作家之名。經歷困頓的成長過程，一路追尋寫作之路的陳雪，從虛構小說到散文作品，如今是戀愛王國的富有之人，成為其他痛苦茫然者的兌換對象。陳雪專輯將由字母會策畫者楊凱麟以affect（情感）定調，並有王智明與辜炳達分別對《像我這樣的一個拉子》、《摩天大樓》進行深度書評，楊美紅則剖析階級對作家陳雪的鍛鍊。

呼應陳雪的情感宇宙，本期也特別製作「承認情感匱乏」專輯，德國哲學研究者蔡慶樺從柏拉圖一路追索哲學所理解的愛的版圖，資深諮商師魏明毅則接力批判市場經濟的傾斜如何成為強勢價值，繼續剝奪我們愛的可能性，而網路文化觀察者黃哲斌接下最後一棒，冷看愛與依賴如何攀附網路，情感如電的速度熱烈降臨與又冷去。之所以要取名「承認」，正是要呼喚「自我」的真實存在，我們承認吧，我們既愛又恨，但我們願意以一生繼續兌換得以在現實存活的黑暗意識，自我不再是可憐僕人，而是得以將一切源源創造的根源，一如所有文學者如何扭轉與錘鍊自己的。

於是本期迎來最新專欄，正是小說家童偉格對杜斯妥也夫斯基的凝視，猜想名為費奧多爾之人如何扭轉自我之敗局，成為寫出《罪與罰》傑作的杜斯妥也夫斯基。

莊瑞琳（衛城出版總編輯）

在情感的國度裡

◉蔡慶樺

蔡慶樺

閱讀者及寫作者，思考
的資源來自日爾曼語言、
思想、文化、歷史、文學。

分裂的我

「我們的身體一開始並不是像現在那樣構成的，以前是完全不同
的樣態。首先有三種性別，不像現在只有男性與女性，還有第三種性
別，也就是男與女合一……男女一體（das Mannweibliche）。這些人類
的身上的一切都以成對的方式存在，他們有四隻手四隻腳，兩張臉孔，
兩倍的性器官等等。宙斯決定將這樣的人類分離為兩部分，如同我們
將榅桲果剖開一樣。而現在原來的一個整體被切成了兩半，這兩個一
半都被欲望所牽引：他們伸出了雙手彼此糾纏在一起，他們交纏在一
起，盼望著能夠共同成長……」

二十世紀初，佛洛伊德在《超越快樂原則》（Jenseits des Lustprinzips）
中，引述了這個柏拉圖的神話。他在這個神話中看到了，欲力（Triebe）
並非由趨樂避苦的快樂原則決定，而是來自渴求重建不再存在的昔日
狀態。

這個出現在《饗宴》（Symposion / Gastmahl）的神話是這麼說的：劇
作家阿里斯多芬說，在一切人類歷史開始之前，我們以圓球型人類
（Kugelmenschen）方式存在，每一個圓球都是由兩個人組成——或者
異性或者同性（於是出現三種可能性別，男男、女女及男女同體）。
在這個圓球上，同時存在四隻手、四隻腳、兩張臉，分別看向相反的
方向。而這樣的人類以為自己什麼都做得到，想前往神的領域攻擊神，
宙斯並沒有因此憤怒將人類滅種，而是分裂了人類，我們於是成為今
日的樣子。

這個神話不只是虛構的傳說，還具有哲學人類學的意義。佛洛

伊德在講述他的超越快樂原則理論時，維也納大學的哲學家貢培茨（Heinrich Gomperz）提醒他可以從《饗宴》找尋這個線索，佛洛伊德於是引述了這個神話，但是他同時寫道，他早在印度的《奧義書》（Upanishaden）看到了類似的對人類起源的刻畫：世界由「自我」（Ātman/ Selbst/ Ich）而來，而這個最源初的自我在孤獨狀態中無愉悅可言，於是原我裂解為二，以克服這種孤單無歡狀態。

　　雖然細節不同，在《奧義書》、《饗宴》或者《超越快樂原則》的神話書寫中，都可以看到這種人類起源：在分裂與匱乏中承受苦痛。柏拉圖的原我迸裂為半我，是被神詛咒，必須以雙腳站立的人，不斷尋找著失去的另一半，渴望回到原來的統一。這種趨力那麼強大，宙斯不得不讓成為一半的人能以性行為暫時安撫這種強烈的衝動，後世人類的性需求並非只是身體的欲念，而是對於失去的完整一體的哀悼，以及想回到往日無缺無求狀態卻不可得的妥協。佛洛伊德從希臘與印度世界觀中勾勒的那種失去古老完整自我的情感匱乏，正是定義了現代人存在方式的欲力。

　　我們每一個人都是缺失的，柏拉圖這樣定調人類的情感悲劇後，兩千多年來人類始終未能克服此命運。在這意義上，不是宙斯，而是主管情愛、讓人欲求身體與靈魂都與他人相連的愛羅斯（Eros），才是掌控人類最徹底的神祇。

愛的共同體

　　《饗宴》其中一段，阿里斯多芬談到希臘眾神裡，愛羅斯的力量被人類長久以來忽略。尤其是，人類忽視了愛對於公共生活的影響。

　　他說：因為愛著誰，我們想表現出最好的一面，我們會對於應被苛責鄙視的事情感到羞恥，並努力追求尊嚴與美麗。如果沒有愛，不管是個人或者是國家，都不可能完成偉大的或者美麗的事物。一個愛著誰的人、一個被愛擊中的人，不會去做被他人責備的事，因為「他

將無法忍受他所愛的人的目光」。

因此，在一個政治共同體內，例如國家，倘若每一個人都是被愛所影響的人，每一個人都愛著誰，那麼這個國家的每一個人將會變得更高尚，更能夠完成偉大的事物。要管理一個國家，他不能想像還存在著比相愛最好的方式。這些相愛著的人，將彼此連結，具有能夠戰勝一切人類的力量。愛著的人將成為最勇敢的人，他會為了他所愛的人而犧牲自己的生命，不讓自己所愛的人處在危險中，他會成為最強悍的戰士。

這就是愛羅斯的力量：每一個凡人，都會變成最英勇的戰士，「是的，這些愛著誰的人，正是只有這些人，甚至會願意為了彼此而死。這些人也不只是男人，女人也如此。」他如此斷言：「因此我認為，愛羅斯是眾神之中最古老的、最應被崇敬的、也最具有力量，他能幫助人類獲得美德與幸福，無論在生或死中。」

從這個角度思考當今的政治生活，真正的共同體的連結，也許根本不是愛國之心，而是愛人之心。該問的問題不是你愛你的國家嗎？而是，你愛著他人嗎？願意為了他人而成為更好的人，並讓你們共同生存的此地成為更好的國土嗎？也許我們必須承認，一個墮落的政治共同體，正是因為共同體的成員沒有愛人的能力，我們並非強悍的戰士。我們難怪必須生活在這個敗壞的共同體裡，因為我們根本不愛共同體裡的他人，不需經受戀人的目光。我們遺棄了愛羅斯，愛羅斯也遺棄了我們。

兩個男子結伴共行

共同體不再能維繫下去，不只發生在愛情，還有友情。

將你我連結起來的情感，不只是愛羅斯，還有菲莉亞（Philia）。菲莉亞是另一種愛，是友誼之愛，是讓對方以自己方式存在的愛，是建立一種彼此仍有自由的共同體的友誼。亞里斯多德在《尼各馬可倫

理學》（ *Nikomachische Ethik* ）中如此形容友誼之愛：友誼是生命之必須，因為無人願意在無友誼狀態下生存。友誼可以使青年人避免犯錯，使成年人有高貴的行動，因為遵循著「兩人共同」（zwei miteinander）的原則，將更有能力做出判斷及行動——或者，如同他引用荷馬詩中一句：「兩個男子結伴共行……（Gehn zwei Männer gesellt ...）。」

這裡以中文的「結伴」翻譯gesellt，這種做伴卻不是柏拉圖的兩半合而為一的狀態，「伴」不是一半之人的渴望，而是兩個自主的人組成的不取消任一方、且讓彼此都更好、更明智的共同體。這樣的自由的共同體如何組成的？亞里斯多德認為，友誼的前提在於：互愛（Gegenliebe），希望對方好（Wohlwollen）以及雙方都知道彼此的心意（Gesinnung）。

一段友情首先要求互愛，愛情也許存在著單向，如單戀，但友情不可能。這也是一種主體對主體之愛，我所愛的對象必須也有愛我的能力及意願，戀物，不可能是友誼；其次，這份情感必須是為了對方好——我不由得想起義大利文中一種含蓄表達愛意的方式，Ti voglio bene，我愛你，我要你好——你必須願望自己的朋友遭遇一切好事；最後，朋友之間互相愛著、希望對方好，都必須為雙方所知，都不應隱藏那樣的心意。

這種兩人結伴共行的共同體，是國家統治者所樂見的社會，因為那是一種無私之愛，那是最和諧的共處。柏拉圖讓完美的共同體建立在愛上，而亞里斯多德選擇了友誼。前者在意的是愛人對自己的判斷，後者在意的是與友人的共享互愛。「友誼所在處，不需要正義，可是正義者需要友誼，有朋友的正義者，是最正義的人。」當我們把自己交付給友情，希望對方獲得更好的一切，這種狀態下怎麼可能有不正義呢？

對柏拉圖來說，愛著他人將使自己成為勇敢的戰士，而對亞里斯多德而言愛著他人將使自己成為正義者。他想如何對待自己，就會如

何對待朋友，因此與朋友共同組成了一個既是複數存在又是同一的共同體，朋友是另一個我，而非半個我。

可是這種理想的、帶著正義的友情，友情中的雙方都能平等互待地構成一個共同體，多麼不可能。我愛你，而你必須與我互愛，你必須也希望我一切都好，你必須知道我的心意，也讓我知道你的心意，這種情感要求讀來甚至讓人覺得比愛情更要困難。愛也許可能有單方面的確認，如同十九世紀女詩人琦茲─哈萊恩（Kathinka Zitz-Halein）那首名作〈與你何干〉（Was geht es dich an）的霸氣無比的宣稱：「當你的聲音使我內心愉悅時，我在何處聽到這樣的聲音，與你何干？……倘我對你好，與你何干？……倘我愛著你，與你何干？……倘我受苦，也非你責任，倘我這樣死去，也與你無關。」

可是友情卻不能與你無關，不在你的承認下，你倘認為我的盼望你好、我對你的愛是無效的，則我不能成為你的朋友。在這個意義下，我仍可以宣稱我愛著誰，不論他愛我也好，不愛我也好，我們不必要成為相愛的共同體才使我的愛成立；然而，我無法輕易地宣稱「他是我朋友／我是他朋友」。友情必須在「我要你好，而你也願我要你好，同時你也要我好，而我也願如此」的條件下成立，可是，友誼真有那麼困難嗎？我們不是常常對誰說起我們是朋友？每一段友誼都必須經過這麼深刻的思考檢視才能成立的話，我們至今為止所建立的友誼，能夠通過檢驗的究竟有多少？對於亞里斯多德來說，真正的友誼確實就是如此艱難，而也因此才顯得珍貴。《尼各馬可倫理學》中區分了三種友誼：因為利益（Nutzen）而建立的、因為欲望（Lust）而建立的、因為對方本身這個人（Person）而建立的。前兩者都是某種外在的因素才連結起兩人（充滿算計的老年人更容易因利益結下友誼、充滿激情的青年人更容易因欲望結下友誼），當此因素結束時，友誼便消失，連結即斷。這兩種，亞里斯多德定義為「不完美的友誼」（unvollkommene Freundschaft）。

第三種友誼，是具有德行、履行善行的城邦公民之間的互愛模式，必然滿足前述三種前提。那是一種雙方都必須在相當的道德與智慧高度上，並且誠心互信，才能建立的情感共同體，任何一方無德無善，都不符合亞里斯多德的完美的友誼定義。

至此我們可以理解亞里斯多德引用的荷馬詩「兩個男子結伴共行」，是一種如何困難的完美境界。這句詩的德譯 Gehn zwei Männer gesellt，不只是兩個男子共行（Gehn zwei Männer zusammen），還必須結伴（gesellen），必須共構成一個社會（Gesellschaft）。Geselle，這個古老德語裡指稱情如兄弟的同伴、摯友的詞，這個「社會」所由來的字根，最原始的意義是共同（Ge-）分享同一個樓居空間（Saal），然而那個存有之處，真是可被分享的嗎？借用海德格的詞彙，我們每個人的存有，都是獨斷的，都是本己的。這種狀態下，要尋得一位與我相知互愛的友人，兩人都兼具智慧與德行，在彼此的人生中結伴共行一段，共同在此存有（mitdasein），是何等的困難。

（多少人說出「願我們分手後還是朋友」時，可曾想過，要當成真正的朋友，也許比當戀人更困難？）

「喔，朋友們哪，根本沒有朋友⋯⋯（o philoi, oudeis philos）」，蒙田與德希達閱讀亞里斯多德後寫下的悲嘆，提示了這是一個沒有菲莉亞的時代，誰能與我共享這個當代城邦？亞里斯多德的友誼，是一種完美的情感連結，也是完美的城邦運作的最佳基礎，今日我們憎恨著政治共同體之墮落，也許必須反省，是不是這個共同體也建立在利益與欲望之上？而背後的原因是不是我們這些當代城邦公民只締結了不完美的友誼？在友誼、互愛中建立起的政治共同體、公民感、責任、對智慧之愛，逐漸成為消逝之物，我們不再能經受得起柏拉圖的愛人的目光，與亞里斯多德的友人的心意。

愛的帝國

哲學家懷海德（Alfred North Whitehead）曾稍誇張地寫道，西方哲學傳統是一連串的對柏拉圖所做的注腳。這個說法，如果放在對情感的思考上，也許並不為過。《饗宴》的神話，不正是幾千年來每一個人的命運及欲望嗎？而亞里斯多德的友誼，不正是一種盼望克服這種匱乏的嘗試？

我想從一張地圖，再談我們的情感宿命，談另一種注解柏拉圖的可能。

布萊特寇夫（Johann Gottlob Immanuel Breitkopf）是著名出版人，出生在一七一九年出版大城萊比錫，與那個年代著名作家往來，包括歌德。他在德國出版史上享有盛譽，因為他設計了兼具典雅與力量的尖角字體，印刷界以他的名字稱為「布萊特寇夫尖角體」（Breitkopf-Fraktur），康德的〈回答這個問題：論何謂啟蒙？〉就以這個字體首次刊行。他創立的 Breitkopf & Härtel 出版社，幾百年來一直是德國出版樂譜的專家。

然而我會注意到他，並不是因為他的樂譜、他的字體，而是他於一七七七年出版的《描述愛的帝國：兼附地圖》（*Beschreibung des Reichs der Liebe, mit beygefügter Landcharte*）。這本充滿幻想的書，以奇幻文學的筆法書寫一個並不存在的國家——但其實也確實存在我們每個人的生命裡：「愛的帝國」。該書第一句：「愛的帝國無疑是天下最廣、人口最多的帝國。」為了每個踏入這個廣大帝國的旅人不致迷失，知道自己身處何處，他出版了這本「旅行指南」，附上地圖。

雖說是愛的帝國，但這個帝國內不只是愛情，各式感情與生命狀態劃分了帝國疆域。帝國內第一個王國是南方疆界上的青春之國（Land der Jugend），追尋愛之朝聖者所來處，首都無憂市（Sorgenlos）（隱喻歐洲文明所源的南方？）。青春之國北方國土接壤處，穿過了輕浮戲弄鎮（Tändelspiel）與熱吻平原（Küßfeld）兩處後，就會進入執

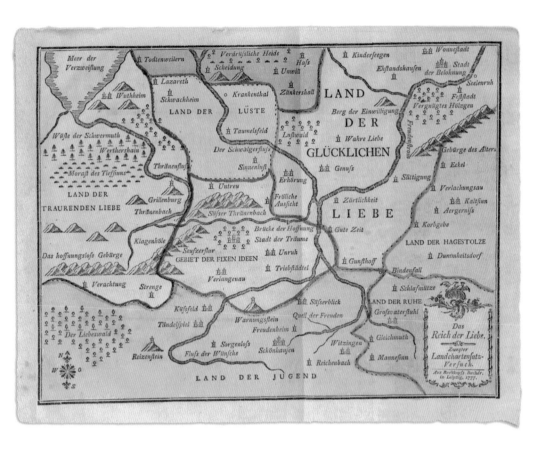

迷之思區（Gebiet der fixen Ideen），來到這個領域者將分向不同王國前
進，東方，穿過夢想之城（Stadt der Träume）後，踏上希望之橋（Brücke
der Hoffnung），抵達幸福之愛王國（Land der glücklichen Liebe）；往北，
穿過邊界的不忠村（Untreu），進入欲望王國（Land der Lüste）；往西橫
渡怨念之處（Klagnhöle）與淚溪（Thränenbach）後，進入哀傷之愛王
國（Land der traurenden Liebe）。而圍繞著這幾個情感強烈的大王國的，
是這些遠方異地：北方的猜疑之海（Meer der Verzweiflung）、東方的靜
謐之國（Land der Ruhe）及孤獨老人之國（Land der Hagestolze，孤獨
老人，正是文學者海涅描述哲學者康德的用詞，一位住在東普魯士的、
如此堅守理性而不曾陷入情感狂亂的孤獨者）。

這張地圖，也可以看成柏拉圖的一個注腳。柏拉圖描述遠古時代我們因為傲慢瀆神，注定受到懲戒，匱乏是難以克服的宿命。而「愛的帝國」呈現了十八世紀人們依然背負此沉重的命運，我們無法接受這樣的匱乏，我們都被自己所迫成為愛的帝國國土中的流浪者，渴求想望著什麼卻不可得。

我們每一個人都活在這樣的愛的帝國裡，我們都曾經是青春之國的國民，懷抱著強烈的對於情感的需求，以朝聖者的姿態，執迷的姿態，各自走向了不同的目的地。或者你得到幸福，或者你生活在欲望之中，或者你只能哀傷度日，最後我們將走向哪一個王國身不由己，我們是愛情的朝聖者，只是也許窮一生之力也走不到心中的聖地。我們之中的大部分人，即使知道最終抵達原訂目的地的希望渺茫，還是耗盡自己所有的力量不停穿越那重重的阻礙。那說不清楚的原始驅力，拉扯著我們浪跡不忠村、怨念之處、淚溪、墮入猜疑之海……。

而且獨自一人，無人結伴。

絕對的困窘

離開十八世紀後，歐洲經歷啟蒙的洗禮，確立了自我與世界、自我與他人的座標，連帶也影響了感情中的我與他人關係，自主的個體建構自我的世界，也涵括了與我發生感情的他者。現代，我與他人的關係進入了新的狀態。

對「現代」這個概念極為敏感的社會學家魯曼（Niklas Luhmann），也將眼光投向了愛。愛並不是純粹情感之事，而還是兩人之間的溝通媒介，愛著的兩人，必須以這種媒介來表達難以表達的感受，感知對方也被對方感知，進而連結起相異的兩方，換言之，愛不是一種情感，而是表達情感的功能，透過愛，兩人可以溝通、會意，而這種溝通，專屬於溝通的雙方，第三人不參與溝通，不參與我們的愛。

而這樣的溝通在中世紀時有一定的規則依循，再怎麼狂熱的愛，

都必須在社會集體的儀式與德行中被實踐，那是皇室與騎士的世界，人們的愛是宮廷中的禮節。可是，進入現代後，個體被解放，古老的感情表達方式被更自由的、專屬於愛著的雙方的激情所取代。自由，而非古典的愛的理想，才是這個時代的精神。

可是，我不由得懷疑，愛著時，真的是自由的嗎？我們擱置了社會規則，創造了充滿親密感的「只有你懂我也只有我懂你」的時刻，在專屬於我們兩人的、不容第三人的符碼中溝通，可是這樣的自由、這樣的絕對的個體化，是不是一直在要求他人的回應與溝通？

我們戀愛時，不也常常進入溝通中斷的時刻嗎？我這麼愛你，你為什麼不懂我的心意？你真的愛我嗎？為什麼你不懂我？愛，不再是一種情感認同而已，還必須達成更加艱難的任務：必須瞭解你所愛的人，必須完全地回應溝通的要求。

於是，這個時代不管是在情感、社會、政治等等領域，尋覓他者不再是唯一重要的問題，除了不得不問如何回應他者、如何要求他者等等溝通問題；更必須問這個時代在情感上的倫理難題：如何不完全從我的角度理解他人、如何能為他人在我的世界留出一點自由與自主？我對他人投入的情感，他人對我有無回應的義務或責任？反之，我對他人又應該負起什麼樣的責任？責任（Verantwortung），是一種回應（antworten），被愛者必須負起回應的責任嗎？那是一種什麼樣子巨大沉重的責任？

這些問題中存在著巨大的責任，也存在強大的暴力。

難怪當代人那麼渴望愛，卻又自覺處在無愛的時代。有時候人們那麼畏懼情感，是因為在情感的運作中，充滿了不可能溝通的、只能接受的暴力場景，所謂暴力並非指一方對他方的身體上或心理上的施暴，而是一種強大到幾乎不可能抵抗的力量。德文的暴力（Gewalt）不必然是負面，例如，其形容詞gewaltig，指的就是無比的巨大，以及形容極度的強烈。在情感中的某些環節，這種強大的暴力會將他人置

15

放在一條僅容走向某個方向的道路上，把人送入其無法逆轉的宿命。那是逼迫性的質問，之所以逼迫，因為不可能有其他的答案，例如提問者的「你愛我嗎？」要求的不是答案，而是一種承認。此外，情感的暴力也是一種要求回應，例如「我如此愛你而你怎能不愛我？」你不只必須愛我，還必須如我愛你般愛我。

哲學家布魯門貝格（Hans Blumenberg）曾經談過一個概念：「絕對的困窘」（die absolute Verlegenheit），就是那種在情感上不可能有其他回應方式的暴力行為。例如「我愛你」，任何「我也愛你」以外的回應，都將重擊兩人的關係。而這種暴力推到極致，就是「你願意嗎？」不管這問題由對方或者證婚者提出，那個被問的對象真正地身處於絕對的困窘中，在只能說「願意」的困窘中。

這時候的愛，要求的甚至不是一種溝通，而是一種承認。甚至過於私密的溝通方式在「絕對的困窘」前也必須被排除：兩人承擔不起溝通中的失誤（我不能不回應你，不能以為我不說「我愛你」你便能懂，因為你要求的不是默契，而是承認。任何一種沉默，都可能被理解為不愛）；或者，這種溝通必須發揮展演的功能（「我願意」不能只是在你面前點頭，還必須在眾人面前說出，那不是你我同意就可以的愛，那是彼此承認之外，也讓第三人、第四人……知道我們彼此承認的展演）。

李歐納・科恩（Leonard Cohen），曾經寫過一首歌〈有一場戰爭〉（There is a war），其中一段歌詞這樣描述相愛之人的關係：

Well I live here with a woman and a child.
我與一個女子一個小孩在此同住
The situation makes me kind of nervous.
這讓我有點焦慮
Yes, I rise up from her arms, she says "I guess you call this love"

是的，我從她的手臂中起身，她說「我想你會說這是愛吧」

I call it service.

我說這是服務

　　這不正在描述那種被置於愛中的困窘嗎？一人以為那是愛，一人卻只感受到義務，一種以愛之名的為他人的服務，在焦慮中回應著他人之愛，一種不得不的服務。

　　除了愛情，在友情中也存在著一種這樣的「絕對的困窘」，倘若我在你面前斷言，「我們是朋友」，不也將你置於困窘中？你被迫與我互愛，任何肯定友誼之外的回應，都是關係的浩劫。我把他當朋友，卻真心換絕情，我們不也曾在友情的不對等中憤恨嗎？或者多少次為了不讓他人困窘，我們將自己放在困窘中說：是啊，我們是朋友……。

　　情感所施加的這種絕對的困窘，難道不會在某一個時刻，累積過多的暴力、委屈甚至恨意而導致全然喪失自由？這個社會每日發生的情殺事件，那種得不到你我便毀了你並與你同歸於盡的、由愛而來的極大敵意，不能不讓人警惕，在情感中，是不是總有誰對誰施加了暴力，而從一開始便擱置了這個不能不問的問題：我們兩人真能結伴共行嗎？

　　也許，真正的自由的愛不是要求對方與我相愛，而是將他人放到最優先的這種倫理立場。我們可以說願意，也可以說不願意，但也必須有勇氣，讓他人脫離困窘，讓我以為我愛的他，擁有說不願意的能力，這才可能迴避情感中絕對的暴力。亞里斯多德已經提示的答案值得當代人再思考：真正能夠結伴同行的可能性，就在於對他人的完美友誼，在雙方肯認中，而非否認。也許終有一日，不再需為無能尋得遠古以來分裂的另一半我而憂傷，另一人願意伴我同行一程，已足感激。

當愛與情感分道揚鑣

◉魏明毅

魏明毅

二十年來的每日工作是往人的心底探去，表面上在人間世界來去自如，實則經常感覺自己與世界格格不入。在二〇〇八年從心理諮商工作跑進人類學田野，並接著寫了《靜寂工人：碼頭的日與夜》之後，發現格格不入之感原來不全然是因為自己，而是這個瘋瘋的世界會把人推出來。接下來，如果做得到的話，想持續透過田野與民族誌的書寫，將所會見的瘋與苦一一攤開來認真理解。

關於情感以及渴望

二〇一二年春，當時我早已結束基隆的田野，好不容易從紛雜語料理出一些頭緒之後，緊接即陷入重複改寫、刪除、停滯的論文書寫迴圈。大部分睜開眼的時候，是盯著電腦螢幕上同時開著好幾個的視窗，以及，夾雜著在一坪多宿舍通道上的來回踱步。在那一長段時間裡，大概只維持與指導教授的偶爾碰面，與同學或家人的談話往來幾乎被自己斷了線，獨自陷在不知道何時能脫困的迴路裡。

那時期的一天夜裡，如同以往在學校對面一家麵館吃過晚飯後，我正準備走回山坡上的宿舍黑洞，卻在走過臨校門那片大草皮時，因不經意看見草坪上空的奇異景像而停下腳步——金星木星和一眉細月靠在一起，它們的位置恰巧構成一幅清晰笑臉。

對於這意料之外見到的自然奇景，我當時感到十分驚喜，內心激動地想即刻找個人說。我拿起手機，一個接著一個，快速揣想電話薄裡的哪個名字，能不至於被這樣一通不重要的電話打擾，同時亦能理解、感染我話筒裡的興奮。

直到轉到電話簿的最後一個名字還找不到這樣的一個人時，雖然心裡頓了一下，但興奮仍懸在那兒等著被接引到有人共感之處，於是我開始四下張望。當看見有位學生正從遠處朝草坪走來時，我滿心期待等著。在估計他能聽見講話聲時，我以興奮的口氣指著那星月對他說：「同學，你看！」那大男孩停下腳步擡頭看了看，在說了「喔」的回聲後，便若有所思似地繼續舉步往原來的路上走去。

像是大勢已定，我沒再左右盼望，也收起手機，兀自站在空曠草坪上。好一會兒後才起步走回宿舍，之後，我沒再開口與誰聊起那次

景像。而即使經過多年，我仍清楚記得那幅微笑星月，如何映照出那晚接不上任何人、深不見底的孤寂時刻。

再更早之前，也同樣在研究所階段，還有一個極相似但經驗感受並不相同的記憶。那時大致上已決定了田野與關注問題，但因為找指導教授的事，我一直睡不安穩，夜裡做著惡夢，白日杵在心急如焚、茫然無處可講的狀態，深深地懷疑自己是否真能通往著想像中的美樂地。那一天，同樣是晚餐時刻在校門口那家麵店。

當時店裡每張桌子都已坐了人，但我實在沒力氣也沒心思再另外找地方，在最近視線內見到有張空椅便逕自低頭坐下，目光直直停留在桌面上。猜想也許是幾分鐘之後，突然有雙竹筷被輕輕放在我面前，有個年輕的聲音：「給妳的。」我擡起頭，看見恍如隔世之久、專屬於我的溫暖微笑。

而後我與那位同桌大男孩各自吃著麵食並沒有交談，我雖早已不記得那男孩的模樣，但始終沒忘記那雙放在桌前套著薄薄塑袋的免洗筷，它注記著曾經有個陌生小男生輕而有力地用簡短幾個字與溫暖眼神抱住了我、將我拉回人間。

兩段記憶分別透露的是，我在非預期時刻恍然意會到自己與任何人、世界種種都失去情感聯繫，因情感（或說是渴望）的「無處可往」而陷入荒涼孤立之境；以及，我曾如何在那樣軟弱而孤絕的時刻，被非典型的對象與形式給予了情意——某種被在乎與關照但不被對方要求回報的情感經驗。

相屬與索求

長年來，在一場場密集的諮商會談室與重大社會事件的檢討會議場上，我被安放在「專家」的位置，不只近身目睹，同時也實質碰觸、介入他人的苦難。表面上看來，我像是相反於「那些他者」，潔淨而「無事」；但，當愈走愈裡面，愈剖開他人的痛與難，看見它們的生成轉變，

我便愈經常意外地在裡頭會見了部分的自己。

我所看到的，人與人之間是共用著某些相同的心性——不同的成長環境、所受教育、性別、收入、職稱或其他的社會區分，都不致帶來太大的殊異；而在這座算不上大的島嶼上，我們亦處在相似的政治經濟結構與社會文化裡。因而我的這兩段個人記憶，雖無法用來解釋目前臺灣的所有情感模樣，但也許暫時仍能做為延伸討論的起點，往前窺探那些諸多「情感」事件所映照出的隱微訊息。

而如果，嘗試要以某條線串起與情感相關的哀痛悲憤，也許「渴望」會是其中鮮明的一條線，像是渴望與（某）人相屬、渴望在某些或需要或軟弱時刻能被（某）人懷納、渴望透過與（某）人的關係，確認自己的存在是否重要或有價值……，即使我與這人或這人與那人，彼此的生活方式或遭遇的生命事件看來是如此不同，但潛到底，心裡頭所密實藏著的，似乎盡是接連著因渴望而生的種種心思。

渴望，做為人類情感意念與行動的促動，其內部卻是異質並形成不同的情感內涵，而當代臺灣的情感內涵，相較於「相屬」，更趨向於「索求」。相屬與索求，並不是由某個時代劃分出的兩個不同階段，這裡的區分為的是凸顯情感內涵的變化；它們亦不是二分兩立，當中有共同疊合，像是渴望與排他。

只是「相屬」裡頭的渴望，較是包含了因「互為主體」所發展出的情意與彼此允許——關係的發展與維持都起於內在渴望，期待透過情意往來，給予與被給予；對於自我以及他人，都同樣具備著愛與情感，並不因為看重了一方，而漠視另一方。因而，為了維持這樣的一段關係，彼此會願意在尚不及「虐」的前題下，允許協商改變；在爭執衝突的情境裡，亦不願意誰在裡頭受傷；即使關係最終仍遭逢困頓，雙方不再相屬，人的內在渴望頓時轉為無所住著，但，因為相信也允許彼此都仍具有主體性、沒有誰有權利為了自己的渴望而扣留住誰，於是，關係結束，內在真實的哀傷痛苦或絕望憤恨，都不必然會接連

上實際的生命絕滅。

　　而「索求」裡的渴望，則相對有著較清晰可見的匱乏感、不安甚或恐懼。此匱乏通常源於過往真實的失落經驗，但它卻未隨時間自然消解，反轉化為恆久感受——對孤獨感到慌張害怕、懷疑無法獨自存活，唯能尋求某個他人以為此世救贖。此深層的匱乏感及不安，深植成為了情感發展的重要內涵與判準，朝向圈圍出能全然掌握的情感關係，盼望能求得永恆不變的緊密相依、沒有異心不要有誰離開。

　　以不安為核心的渴望，因脆弱而隱含毀滅。當關係有了晃動，表面上也許浮現的是憤怒，但實則驚恐慌亂到覺得自己將因失依而無以為生、瀕臨死亡。此時內在的死寂之感，若持續夠長的時間並壯大為生活裡唯一的氣息，誰或誰的真實死亡，便可能成為其想像中的唯一出路。如同飛蛾不畏撲火。這不是情緒失去控制或憤怒的議題，而是一個由「傷」而「哀、孤」的歷程，一種懸在空中，不知是否著地不知如何是好的孤絕。

　　而關於「索取」的情感所引致的苦痛事件，如何成為現世社會新聞、學校社區醫院各個會談室裡的鮮明景像，除了人對關係的普遍渴望，更緣於此刻臺灣島上的文化與政治經濟樣貌——有關「新自由主義」所起造的信念價值，透過日復一日的公共性談話與學校、企業、家庭、餐桌前的各類私語，強勢地牽引著人們如何觀看自己與他人；以及，起造人與他人、與世界種種的情感關係內涵。

市場經濟裡的情感匱乏

　　新自由主義，相信自由市場能建構起世界的秩序與人類福祉，敘述著個人幸福與其經濟所得的絕對相關，人、世界上的所有活動、萬物是否有價值、意義，由其是否具有經濟產值決定。由此所起造的信仰與神話，傳講的是人們理當緊靠經濟理性以掙得物質性的財富，因為個人的幸福隨後將「自然地」如同其他物質性的積累而入囊，人便

21

能完成關於「成功」的美好圖像。

其框架出的社會生活，經濟產值被唯一崇高化——以追求最高效益為由，工作被扁平化約為無意義感的蒼白勞動，人們透過勞動與他人建立極低限度的連結；隨著勞動愈趨細分而原子化，人的主體性被漠視、簡化為勞動物件，人的價值被放在勞動市場上惦斤兩；無日夜差異與去季節性的高工時，將人從家庭、土地與自然抽離出來；消費與物質積累取代絕大多數的生活樂趣，被塑造為辛苦勞動後的唯一犒賞，成為非勞動生活的強勢內涵。

市場經濟邏輯不再只是商業上的遊戲規則，是社會生活的轉變，以及，集體的情感匱乏：人與他人的連結快速而短暫，內在自我虛無而不安，此扭曲的勞動情境與存有方式，使得人們對於勞動與產值之外的生活世界逐漸感到陌生，被給予與往來的情感生命經驗付之闕如，既無法也無處與世界接連，亦不知如何能自我援助，人們成為意識閉鎖的孤立個人。深層不安與極度匱乏感，使人們渴望情感，那是疏離單薄生命世界裡的唯一救贖。

渴，成為個人內在最鮮明的感知，當自我浮顯為情感關係裡唯一而急切需要被解救的主體，他人的主體性於是消失、被剝奪，人們有意或無意識地擱置與忽視了對他人的情意與在乎，對自我的關照亦被禁錮扭曲為只能向他人索求。於是愛被退推為模糊的背景，夾帶著渴的索求成了奪目的主題，人們從「我愛你」，走向「我需要你愛我」，人渴望情感，卻遠離了對自己與他人的真實情意。至此，愛與情感分道揚鑣。

清晰可見的物化、疏離敲出了情感匱乏。它不再是發生在少數個人身上的特殊結果，而是瀰漫為輕易可觸及的社會現象，映現於人與工作、人與他人、人與家庭、人與土地自然、人與自我之間的連結瓦解。一旦個人在關係裡遭逢困頓、渴望無所能往，此時不論家庭或教育、土地或自然，亦已無法提供個人足夠援救，因為前者亦身處在相

同的疏離物化裡，對於情感的往來無感以及感到陌生，而後者則多數或因開發已成窮山惡水、或因商品化已為巨富商賈所私有，人無法回到自然被撫慰接納。

在市場經濟所架空的社會生活裡，情感的生成與互動在生命經驗裡缺了位、人們失去了與自我及他人的親密聯結。當關係崩解，渴望與情感沒了去向，人憤恨、慌亂、瓦解，猶入退無可退的死境。

重返對自己與他人都有所情意的世界

當代臺灣的種種情感形貌，似乎俯拾皆透露著令人哀傷的訊息。

多年前因為工作認識一位少女，她的年輕爸媽各自離家去追求自己的愛情，將她獨留在空屋裡。在獨居那段時間，有個從網路世界認識的男人把她帶離學校和那空盪家屋，說會愛她照顧她不會像她爸媽一樣離棄她。幾個月之後，她知道他除了她還有其他的她，她的臉上身上從那時候起便偶爾會帶著傷，她愛的那人看來並不實心愛她。

我問，為什麼不離開？她笑著對我說：「我一個人在家會怕。而且，他還會請我喝飲料載我去兜風啊。老師我跟妳說，他是第一個請我喝飲料的人喔。」我追問：「他應該不是專情的人，如果他以後跑掉和別人在一起，妳會怎麼辦？」她聲量大了一些，但還是笑，說：「不會啦，到時候我就死給他看，他就會回來了。以前就有這樣過啊。」後來，故事從青春少女的愛情夢，變成了社會新聞裡的黑字，男人的毒品招住了她的身體，她日復一日被美麗打扮著，由男人載著她在不同的暗室裡穿梭，快速地換取著那被外人讚道由進口車、昂貴手機、名牌包、酒肉大餐所堆砌出的華麗紙衣。抓著這段「情感」與這條路，至少自己正與某個誰同在一起，可以不用再害怕過著以往像孤鬼般的生活；至少眼前那些物質性的積累，標記著自己不是被世界／勞動市場甩開的那人；疏離世界，人飲鴆止渴，對孤寂的深層害怕，早遠越過是否要在乎自己對那人或那人對自己的「情感」裡有沒有愛與情意。

　　關於對現世情感關係的理解，我們需要有意願與勇氣撥開市場經濟所四散的神話濃霧，願意看清楚痛苦的來源既有源於早期個人經驗對孤寂的不安，亦是當代政治經濟所導引的結果，並且，勇於與市場經濟保持清醒的距離，而不是將其所傳誦的價值信念視為理所當然只能膜拜跟隨。也許，人們便有可能撥開眼前的人造霧霾，以觀看的視界試著去理解困頓痛苦如何生成、愛意如何遠離了情感、我們如何消失了對自己與他人賦予情意的能力。

　　而如果人們依舊選擇別過頭去，仍舊執意將種種的情感困頓事件歸為「不過是『個人』理性與能力的欠缺」此類論述，以便能持續假裝整體社會的潔淨無事，我們終將無法明白，人為何會不斷在其所稱呼的愛裡瘋狂，也將永遠無法理解在此類小女孩的情感事件裡：那不過幾塊錢的廉價飲料如何能在荒漠裡成為了被愛的證據？而後，沒有情意的感情，如何複雜地承載了渴望，被她視為被懸在崖上唯一的一條救命索？人又如何為了獲得情感上救贖而反倒在路途中對自己（以及他人）失去了愛意？

　　有沒有可能，有朝一日當人們能願意與有勇氣走離那濃霧世界，接而重返那個對自己與他人都同時懷有深深情意的世界時，關於情感的困頓，我們將聽見那不斷探問：「你為什麼不愛我」的迴聲，而不是「你不可以不愛我」的厲喊，將聽聞的是關於哀傷悲痛憤恨絕望的生命扣問，而不會是關於讓自己或那人走向死絕的消息？

網路並不如煙：那些激情與寂寞　　黃哲斌

　　先來一題「快問快答」：黃明志、那對夫妻、蔡佩軒、小賈斯汀、紅髮艾德（Ed Sheeran）、特洛伊‧希文（Troye Sivan），這些歌手有什麼共同點？

　　簡單說，他們都是網路崛起的歌手，更精確說，YouTube 是他們的發跡地。網際網路除了是當代重要資訊渠道，提供人際媒合與議題動員的低成本工具，此外，更創造一個「被看見」、「被需要」的虛擬平臺。

　　迥異於上世紀唱片工業、廣播點播排行榜的生產線包裝品，也迥異於張惠妹、蕭敬騰等經由電視比賽脫穎而出的素人選秀；網路時代的音樂創作者，等於在一個二十四小時不打烊的殘酷擂臺上，藉由「點閱」、「跟隨」、「讚」、「留言」等數字建構的虛擬貨幣，累積自己的網路聲量與群眾基礎，掙得主流媒體與娛樂產業不得不追認的江湖地位。

　　本期主題人物陳雪做為一名嚴肅小說家，雖不似前述歌者，因為她早有文壇定位；但此同時，她比更多作家深刻體驗網路宇宙的幽微況味。早在網路之前，她已展開寫作之路，她的作品既有人類共通的深沉嘆息，也有挑動共鳴的親切筆觸；進入網路之後，她率先跳進部落格的世界，敏銳探索自己與虛擬空間的關係。

　　近幾年，乘著臉書熱潮，陳雪漸成網路上的有力聲音，她在同志與愛情的雙箭頭書寫，讓她擁有大批追隨者，而她也不吝運用文字影響力，關切她所關切的公眾話題。

　　無論是平地拔高的網紅，或是蛻化轉進的小說家，他們與眾多圍觀者往往有種奇特連結，一種夢境邊緣的微妙關係。一方面，這些關係或連結毫不虛擬，而且正在改寫舊世界的規則；美國網路分析機構統計，碧昂絲一張 Instagram 照片加圖說，約等同一百萬美元的媒體價值，當這些創作者開始經營自己的網路身分，他們的社群媒體帳號，已經取代傳統唱片公司的中間人角色。

　　但另一方面，這些網路關係似遠又近，既嘈鬧也空虛，經常融合著巨大的激情與寂寞。

　　激情，因為你真確感受電腦或手機傳來的共振，每當你上傳一段影片、一篇文章、一首音樂，馬上看見數字跳動帶來的回饋，手機螢幕的提示訊息、社交媒體的鮮紅通知，增強了腦內啡的分泌；粉絲的留言讚美、超乎預期的飆高分享數，讓人腎上腺素噴發，你知道，你默默按中了一種名為「爆紅」的按鈕。

　　英文裡，網路「爆紅」常稱為「go viral」，意即像病毒一樣快速擴散，網紅就像難以預期的一次傷風、一陣高燒、一場瘟疫，這些疾病的隱喻，既存在於病毒本體，也適用於宿主身上。

　　人類歷史上，沒有任何時刻如同此刻，手上未握有媒體機構的個人，擁有如此巨大的傳播潛能，這種潛能，通常植基於兩階段的需求，先是感官愉悅，然後是情感依附。

　　當我們在網路上聽到一首喜愛的歌曲，或閱讀一篇充滿啟發的文章，無論是幽默的，感傷的，或輕巧的，第一時間，我們常感受到情緒或智性的滿足，我們被取悅，被照料，被撫慰，於是，我們按下「讚」或「分享」，這是第一階段。

　　接下來是第二階段，網頁上的「作者更多文章」，或 YouTube 上的自動推薦播放，讓我們忍不住繼續挖掘，天性悄悄推著我們尋求更多滿足。有時，同一個作者，你只需要第二或第三個 Click，就足以發現是一場誤會，於是，我們毫不留情，立即跳出視窗，轉身尋找其他有趣的連結。

　　但有時，隨著繼續瀏覽，我們會在心底小小歡呼「這是我的菜」，然後，我們訂閱他的頻道，把它加入播放清單或最愛書籤。有時候，我們甚至瘋狂 Google 對方的個人資料，查閱維基百科條目，跟隨他的臉書、Twitter、Instagram，仔細閱覽他的每一則貼文，每一張照片，像是找到失聯多年的中學暗戀對象，恨不得立刻補齊遺落的青春空白，我們感受自己體溫微微上升，或許心跳加速，唇舌發乾。

就這樣，我們成為入戲的觀眾，一種名為「粉絲」的網路生物。

這是網路創作者養成的激情過程，先是無數粉絲發展出單線的情感依附，再來是粉絲之間多向關係的協同與競爭，最終建構出一種虛擬的、流動的、不規則的群體，我們稱之為「社群」。

然而，網路也經常是寂寞的。寂寞，首先來自「被看見」之前，你什麼都不是，經常只是另一名粉絲，或是遊逛者。或許你寫了一百篇部落格，但每篇點閱人次始終不超過三位數；或許你拍了一百部評論電影的短片，但瀏覽總數還不及谷阿莫一部影片的零頭。

你會自我懷疑，你會悲苦憤懣，你會垂頭喪氣，但最終，你繼續試著按下「上傳」鍵，有種賭徒掏錢投注下期樂透彩的僥倖。

以〈漂向北方〉、〈飆高音〉等曲走闖江湖的歌手黃明志，有次接受《數位時代》採訪，聲稱他走紅前，自己已寫了四、五千首歌，但沒有一首賣得出去。於是，他曾到《超級星光大道》打工，也燒了許多張 CD，四處跑進唱片行自我推銷，但始終碰壁。

此時，網路扮演一種神祕的超自然角色，他拍 YouTube 影片時，刻意挑那些不可能賣出去的音樂作品，罵髒話的，靠北鬼扯的。結果，反而迎合網路的無厘頭性格，有天一覺醒來，終於嘗到「爆紅」滋味。

然而，不過，可是，人生就是這個 but，爆紅之後，往往跟隨更大的寂寞。

美國有一 YouTuber 嘉比‧鄧恩（Gaby Dunn），曾發表文章揭露網路的現實處境：一名擁有十六萬粉絲的網紅，平時必須在星巴克打工，藉以支應生活所需，但因粉絲瘋狂她的班表，蜂擁到咖啡館朝聖，干擾店內營運，最終，她被迫辭去這份工作。

這類例證比比皆是，名氣、流量、追隨者，不見得能換成麵包。臺灣的 YouTuber 囧星人為了群眾募資，不得不公開自己的收入，一名 YouTuber 每月必須創造一百萬次的點閱數，才能換得臺幣三萬元廣告營收。當時，她的頻道已有二十幾萬名訂閱者，但每月廣告收入大多為三百到五百元美金，僅有三個月超過七百美元，換言之，僅有三個月勉強跨過臺灣基本工資的月薪門檻。

好，即使你跨過月百萬流量的超高門檻，成為網紅界的直銷藍鑽經理，對不起，埋伏在後的是負評、酸民、越級挑戰，「你憑什麼」，「聲音像殺雞」，「替你媽覺得抱歉」，「滿腦子只想騙錢」，彷彿物質不滅定律，你有多少讚，就有多少向下倒讚，留言板經常是殺戮戰場，不熟悉的匿名代號用上最惡毒的話語，恨不得拆散、碾碎你的自尊。

黃明志就說，「作品被愈多人看見，批評自然也會變多。『剛開始我是不太開心的，罵太兇了，有些是國家和國家對罵，有些還罵到我家人。』」後來，他必須轉變心態，才不致被這些負面能量擊垮。

同樣自網路崛起的紅髮艾德，今年七月因客串《冰與火之歌》，被網民笑到不行，他一怒之下，乾脆停用社交媒體帳號。其實早在二〇一五年底，他就曾關閉一千六百萬名追蹤者的 Twitter 與五百五十萬名粉絲的 Instagram 帳號，當時他宣稱，不想要「一直透過螢幕觀看世界」，於是暫時放棄所有社交媒體，希望能專心創作下一張專輯。

然而，他終究不斷離開，不斷忍不住回來，畢竟，我們都是入戲的觀眾，螢幕兩端都是。

當我們愛如潮水，就連恨意都是一種愛，一種滾燙的、以己身情緒重量澆灌其中的愛，我討厭你，所以我愛你；我愛你，所以我要擊垮你，就像那款「誰先眨眼誰就輸」的比賽。

網路賦予我們奇異能量，讓我們投射己身現世的悲歡抑鬱，像是一座拋石器，認真計較去摧毀，或成全一個陌生人。網路並不如煙，但常教人如墮雲霧。我認識的陳雪，一直清楚知道她與虛擬世界的關係，與臉書的關係，她清楚知道如何取悅觀眾，卻不違犯自己的理念初衷。網路既是羽翼，也是牢籠，陳雪輕巧躍足其間，摸索那些情愛、孤獨與欲望，既在線下，也在線上。

黃哲斌，曾是蘭陵劇坊演員；歷任電影雜誌總編輯、報紙編輯與記者、新聞網站主管；目前為兩個男孩的爹、《天下雜誌》專欄作者。平日大多窩在家中，掛網，翻書，碎念，寫字維生。

過去是為了拯救自己而寫，現在是在展現自己做為一個小說家的才能，只是時間的問題而已。我花這麼多時間整理自己，就是為了成為一個真正的作家，我覺得我現在就是一個真正的小說家。

——陳 雪

陳雪

現在是活活潑潑的陳雪

陳雪 vs. 林秀梅（麥田出版副總編輯）、莊瑞琳（衛城出版總編輯）

日期：2017.10.27 14:30~18:00

地點：永和 小小書房

現場記錄：李映昕

林秀梅　我希望比較直白地詢問一些我好奇的地方。問題不少，有些問題也蠻大的，妳有沒有希望一些問題，現在就可以來聊的，還是就依照順序聊下來。

陳　雪　其實我覺得第一題就會聊很久。

林秀梅　我想要問的是創作啟蒙，我在妳的作品裡看過，妳說妳的啟蒙是小學老師，他很鼓勵妳，寫作這件事是讓妳尋找出口的方式。但真正的啟蒙是有什麼因緣嗎？

陳　雪　我想啟蒙有兩種，一種是心裡上感覺，想要成為作家的朦朧的願望，是在很小的時候。我們家沒有書，常常去鄰居家借書來看，對我來說，我的文學啟蒙就是匱乏，金錢上的匱乏，知識上的匱乏，情感上的匱乏，使妳想要擁有一些東西，當時最好的方法，就是無中生有，自己去創造。那種想要創造的想法，就是我們家家變的時候，十歲左右，一個完整的家突然破裂了，就是一個啟蒙。妳突然發現人生不一樣了，那個啟蒙讓妳去想，怎麼去迎接這個變化，可能妳的人生被攔腰折斷。妳本來就在那麼匱乏的狀態，我發現我可以說故事，可以想像，這是內心的啟蒙。我從小就是作文很好，很會說話，喜歡講故事，但真正的文學啟蒙，應該是讀大學之後，中間都是文藝少女寫一些散文，自己覺得很像創作的東西，但那時候跟文學的距離還很遠，只是一種遙遠的文學夢想，想要成為作家。我那時想像的作家是，印在書背上的那個名字。印象裡，第一次看到《中國時報》的文學獎，給我一個很衝動的感覺，好像更具體知道那是

作家，像朱天文、朱天心她們幾個人很年輕就得獎，所以很強烈地想說，文學獎好像也是一個方法，會變成作家。但我始終沒有那樣做，還是自己默默寫作。真正的啟蒙是大學的時候，開始自己讀比較難的書，開始大概知道小說是什麼，寫了第一篇小說，就是二十歲的時候。

林秀梅　這個很有意思，有些作家在小說創作會有學習階段，有些是自學，比如讀到一些作者的作品，模仿他的結構、語法，妳有這個階段嗎？還是就是渾然天成？因為妳從小就有作者的天賦，想像力夠，也有這樣的企圖。書寫技藝的真正進入，有一個契機嗎？

陳　雪　當然有，就是二十歲。那一年知識大爆發，那時候看了馬奎斯，米蘭·昆德拉，讀卡夫卡，二十歲那一年的文學閱讀，讀很多翻譯小說，那段時間就很文青，看了很多藝術電影，學校有藝術電影一百部，我好像二十歲、二十一歲全部看了，像發瘋一樣，能找到的書全部都看，看非常多的電影。那時候也看非常多畫冊，有段時間對美術很感興趣。也會讀佛洛伊德，雜七雜八的哲學心理學都看。但具體被誰影響，我覺得沒有單一的影響，因為那時候吸收的知識太龐雜，吸收了很多，想要找個形式把它表達出來。我記得我寫的第一篇正式小說就蠻實驗性的，是〈頭髮的葬禮〉，寫的跟死亡、性有關，寫的時候我還蠻驚嚇的，花了三、四天寫出來，其實我嚇一大跳，因為我那時候還沒有什麼性經驗，自己覺得還是很少女，但寫出來的東西，已經是很前衛、大膽……我自己看也會覺得，「喔我可以寫出這樣的內容」，自己覺得很奇怪，好像被附身的感覺。當然那些內容都是閱讀經驗產生的想像，作品裡面那種很晦澀，對於性與色情直接的描寫感覺，或者對死亡的想像跟觸摸，那是當時的我沒有意識到的。所以我想是那一年的大閱讀，被藝術衝撞的經驗，爆發在我的小說裡，使我發現自己是可以寫嚴肅小說的人，不是像小時候寫柔柔的散文。我知道那時候我想要寫的東西就是文學。

林秀梅　妳在有篇訪問裡提過「附身說」，但這個附身說，可能是另外一種說法，應該是很多作者的生命經驗，外在與內在，加上閱讀與體驗，內在需要一個出口，去把內心的澎湃書寫出來。

陳　雪　當然不能說跟經驗無關，但不是有意識地想要書寫自己的經驗。我對我自己，有一點記憶障礙，好像對過去的記憶馬上就會遺忘，特別刻意地壓抑自己的記憶。不能說那次爆發的內容跟我的經驗無關，但我是沒有意識的。其實沒有無中生有的東西，所有東西都是從作者內在誕生出來的，我想尤其是年輕的作者，剛開始並沒有那麼有意識說，知道在動用哪一塊記憶，或哪一塊知識，而且又是初次比較嚴肅的創作，包括那種語言。那時候寫那麼實驗性的小說，自己並不知道，當把作品寫出來，才會知道現在在什麼地方，可能會是一個什麼樣的作家。現在那篇稿子已經找不到了。

莊瑞琳　妳二十歲大閱讀的時候，書單是怎麼建立的？有什麼同儕影響妳一個追一個嗎？

陳　雪　其實沒有。那時候讀新潮文庫，可以一本接一本。作家系譜建立我有一點靠沾親帶故，比如讀馬奎斯提到他為什麼當作家，是因為受到卡夫卡的影響，我就跑去讀卡夫卡，讀了卡夫卡就又讀卡繆。當時米蘭·昆德拉的小說改編成電影，我就讀了米蘭·昆德拉，這樣一個拉一個就發現有永遠看不完的書，作品之間也會互相勾連。大學時候我是讀中文系，身邊沒有人在寫現代小說，所以都是靠自己摸索。學校附近有個獨立書店，老闆很文青，會介紹書。我會開始看畫展，讀美術的書，是因為讀了梵谷的書簡集，他寫給他弟弟的信。那本書影響我非常大。我內心覺得，我跟他是比較像的人，好像有一個很強烈的創作的欲望，讀他的自傳，知道他也很窮，很多地方跟我很像。我也看了很多臺灣畫家的作品，比如洪通、楊英風、黃土水，讀《藝術家》雜誌，那時候只要有錢就會去買，或站在書店一整天。哲學的書大部分都是那個書店老闆介紹我看的，佛洛伊德是我自己本來就很喜歡。在閱讀的書之中就會有一個老師，會覺得那些人好像

都是朋友，我讀海明威也是這樣，因為那時候我非常孤獨，我會把這些作家當成我的朋友，所以他們誰認識誰，誰跟誰很好，我會去串。比如海明威在巴黎，那時候有很多藝術家，我就讀羅丹，讀了羅丹就看卡蜜兒。那時候有一本書影響我很大，亨利・米勒的情婦安娜伊絲・寧（Anaïs Nin）的日記《亨利與君兒》（*Henry and June*），那本日記帶給我蠻大撞擊，日記有改編成電影（按：《第三情》），影響了我寫《惡女書》的第一篇〈尋找天使遺失的翅膀〉。電影裡的女主角安娜伊絲是作家，跟我一樣個子小小的，她看到鄔瑪舒曼演的那個角色，亨利・米勒的情婦君兒，立刻神魂顛倒，那是我在電影裡面第一次看到女性欲望女性的畫面，我覺得那就是我想要的東西。第一，那是我沒看過的，第二是，我年輕的時候曾有過一段很模糊的女女愛情經驗……先回應你們後面提到的禁忌主題，因為小時候家裡的變故，我們家是在很小的村莊，本來一個很純樸的家庭突然被妖魔化了，變成一群很壞的人，我母親不在家，整個家就被當作邪惡的存在。對我來說，這就是禁忌啊，妳突然被妖魔化了，妳是妖怪誕生的女兒。我去同學家做功課，因為我功課非常好，本來就模範生，突然間你們家欠了錢，同學的母親就把我趕出去，說妳不要跟我們家小孩來往。我看安娜伊絲・寧的日記，尤其是鄔瑪舒曼的形象出來的時候，我就突然開竅，我要寫一個這樣的女人，但她不只是一個女人，同時又是母親。如果一個孩子，他的母親並不是一個好女人，他將會如何。那時候我覺得自己還蠻天才的，沒有人教我，但那就是我要的東西，而且我沒看過有人這樣寫，不但去思考跟母親的關係，而且把跟母親的關係寫成跟自己的情欲有關。女女跟母女，那確實是我自己心中的一個疑惑，結合了我自己的困惑跟我自己的欲望，我自己覺得這是一個文學上的突破口，所以我就寫了《惡女書》的第一篇作品。我覺得，我真的寫出了一個小說，完全蛻變。我找到了一個主題，描寫我內心真的渴望的東西。

莊瑞琳　對於作家身分的認同，在妳心中是怎麼慢慢形成的？妳的成長環境是非常普通，甚至不好的，作家這個行業又跟錢背道而馳。妳本來是一個「生意子」，而且妳很有天分，很會賣東西，那是怎麼變成作家陳雪的？是什麼過程，讓妳

堅定要成為一個作家？而且要以寫作維生？

陳　雪　我二十五歲出第一本書，二十六歲出第二本，到二十九歲時已經出了四本小說，但我從來沒有覺得自己是作家。因為我一邊賣衣服、一邊送貨，一邊還債，家人也很反對我寫作，寫作變成我個人的祕密。我的生活裡面，因為常常要去送貨，如果提到我是作家，很怪，而且我覺得我不是作家，我只是一個小販，一個業務員。我年輕時也很叛逆，覺得說自己是作家好像很做作。我當然熱愛創作，寫作是我終身要做的事，但我覺得那比較像是我自己的祕密。那時候我也很少跟外界接觸，我想保護我的寫作，因為我寫的東西很禁忌，也很大膽，我不想要別人來干擾我，來提問為什麼要這樣寫。我骨子裡很怪，有一部分是個好孩子，我不想要好孩子這個身分影響我的創作，我就特別低調不讓人家知道。我看問題裡有提到舞鶴，舞鶴對我有蠻大的影響。我記得第一次看到他，是去評東海文學獎，也是我第一次評文學獎，大概就是二十七、二十八歲，那也是我第一次看到駱以軍。我本來覺得自己就是一個擺地攤的，不知道為什麼會有人打電話邀請我去評文學獎，當時我沒有得過文學獎，至今也沒有。我跟舞鶴同場，那時候很幼稚，也不太會評審。最好笑的是，我穿一件很怪的衣服，舞鶴還問我為什麼穿這樣，反正就是很俗豔、露肩，想刻意展現性感。我記得他問我在幹嘛，我就說我在賣手錶，他說，妳幹嘛還賣手錶，妳應該寫小說。我說，可以只有寫小說嗎？他說可以啊，妳應該什麼都不要做，就是寫小說。對我來說，這就像是一個咒語，有一個人跟妳說，妳可以這樣做。我心裡還想說，難道他很肯定我嗎，其實他不認識我，當然我就送了他一本《惡女書》。我們兩個有點小小的緣分，後來我去訪問過他。那時他又再次跟我說，妳不應該再做那些工作了，妳應該寫小說。第一次讓我想到，我可以做一個小說家，可能就是舞鶴吧。而且他真的就是沒在做什麼，就是寫小說。我看到他的時候，我還蠻震驚的，他住在一個什麼都沒有的房子，我永遠都不會忘記，就是一棟透天厝，所有家具都是房東給的。我認識他本人之前，就有人跟我說，他是一個有精神病的原住民作家。我就很興奮，馬上去找了《悲傷》來看。我見到他的

時候，是帶著一種很景仰的心情，因為我非常喜歡他那本《悲傷》。採訪他的時候本來只是在樓下，我就說可不可以參觀你的書房，那其實是一個房間，什麼都沒有，只有兩三本很奇怪的書，一張學生書桌，讓人印象很深的是，那房間非常乾淨，地上卻有非常多頭髮，桌上有稿子。說真的，他對我影響很大，妳可以什麼都沒有，滿地的頭髮就可以成為作家。人家可能是滿屋子藏書，但他沒有。我還問他，你都吃什麼，他就給我看電鍋，裡面就是紅豆薏仁飯。作家就是這樣，作品、米跟一張桌子就好。但他跟我說了蠻多竅門，他說他會鍛鍊身體，做伏地挺身之類。

採訪他已經是一九九九年的事情，我還沒成為專業作家。但他已經在我心裡種下，專業作家就是這樣。但我那時候要還家裡的債，還有很多心裡的負擔。精神科醫師一直鼓勵我，我那時憂鬱症很重，但他覺得我沒有憂鬱症，是因為環境造成的，他說我想要寫作但一直沒辦法，當然會憂鬱。滿地頭髮的舞鶴也一直鼓勵我要專業寫作，這兩個驅力一直讓我覺得要排除一切，去某個地方寫小說。到二〇〇二年，我終於到臺北了，沒有工作，開始寫小說。實際上我還不覺得自己是作家，只是躲在一個祕密的地方偷偷寫東西。寫《陳春天》的時候，我還有回去打工，每個月會去送貨好幾天，有一次我們送貨到花蓮，因為《陳春天》中國時報有採訪我，我以前不喜歡讓人家登照片，但那次照片放很大。我去送貨時，文具店老闆娘叫我簽貨單，她一直看著我，說陳小姐我看過妳，在報紙上看過妳，妳是不是作家。我就說，妳覺得我像作家嗎？她說像又不像，但那個（照片）真的很像妳。我說我就大眾臉啊，簽完我就走了。直到那一刻我還是沒辦法說我是作家，但我心裡知道，這可能是將來要去面對的問題。我真的很自然覺得自己是作家，是到寫《附魔者》的時候，那時都已經認識駱以軍他們了。我打從心裡覺得自己是作家，已經職業寫作很久了。

林秀梅　剛剛提到鍛鍊身體，我讀《巴黎評論》，海明威提到寫作之於他就像是拳擊（表明作家保持良好健康狀態的重要）。這件事對作家來講是不是很重要？妳如何維持健康狀態？

陳　雪　年輕的時候沒有想到，年輕時就是損耗自己，常在夜裡寫作，白天就是勞力的工作。真正完全改變，就是寫《附魔者》，我發現我前面的寫作方法是不對的。我來臺北之後的寫作方法跟臺中不一樣，以前是半夜寫，好像還債一樣，白天身為一個人的責任已經完了，晚上就來寫小說，但那樣寫也寫不長，《惡魔的女兒》最多就是十萬字。但我的個性想寫大的作品，喜歡寫長篇小說。到臺北來，開始把長度慢慢增加，寫《橋上的孩子》是一篇一篇寫，當時已經沒有工作了，也試著去抓出要怎麼調配時間。我從小身體不好，不用上體育課，曬太陽會昏倒，所以沒想過要運動。只是會想說要怎麼專業寫作，我的方法是，就像上班族一樣，早上起來寫，寫到晚上。但那樣的效率並不好，所以寫《橋上的孩子》跟《陳春天》過程都很痛苦，找不到方法，一直在苦熬，每天八小時在熬，寫不出來也要罰坐，我會一直強迫自己，因為我會覺得好不容易來臺北寫作，不應該浪費時間。

寫《附魔者》，做了非常多改變。其實在之前，我已經出了不少長篇與短篇作品，那時候也認識楊凱麟、駱以軍這些好朋友，我意識到我必須有所改變，想要從內在徹底改變自己，但又不知道怎麼改變。我重新做了一次書的整理，寫《附魔者》之前大概有八個月，都在讀書，讀普魯斯特《追憶逝水年華》，讀《卡拉馬助夫兄弟們》、《罪與罰》，還有大江健三郎，我以前沒有很認真讀過大江，還有波赫士。其實說真的，那時才讀波赫士，我都是自學，每次聚會都是這樣，他們提什麼書，我第二天就跑去政大書城買。一開始聚會我還蠻自卑的，因為我什麼都沒聽過，第二天就去書店買，回去狂讀。所以就是再次經歷一次大爆發，讀了蠻久，因為有的書我都用抄的，抄了好幾本。那八個月從早到晚，完全沒有寫作，就是一直讀。我想洗我的文字。我本來想去讀研究所。那時候已經是作家，想去聽課，但去了人家可能覺得妳很奇怪，找不到一個學習的方法，就想說我重新讀。又是一個機會可以重讀年輕時讀過的東西，以前我覺得我沒有讀懂《卡拉馬助夫兄弟們》，在我讀懂的那一剎那，我受到很大的啟發，《附魔者》有點宗教觀，就是受到它影響。我還讀《聖經》，覺得自己應該要有一點宗教觀念。那一年就是一直讀書，有時候讀到很激動，就跑去跟駱以軍講，他

有點尷尬。我好像發現一個嶄新的世界，但對他們來說，就是他們年輕的時候（就已經讀過的），他也不好意思說出來。比如說我讀契訶夫，就說我想要成為契訶夫那樣的作家。我也沒問過他怎麼看待我。我有點瘋瘋癲癲的，有點像小妹妹，丫鬟，一個搞笑的人。總之那時候就偷偷學，我在寫《附魔者》時當然經過很多困難的抉擇，我覺得我應該改變寫作方法，應該是那個時候，聽到有一個作家說，早上起床就寫作，我就想，這是一種方法，那我也要這樣。我那時候有去練瑜珈，因為那陣子身體不太好，也想去學游泳。在寫《附魔者》時，就想說早上起來寫一千字，寫完就休息，我發現這樣好像可以寫得比較好。因為我知道那本書我會寫很長，會超過二十萬字，我從來沒有寫過這麼長，體力上是個很大的挑戰。這個方法很有用，因為我有很多打工，要寫稿要演講，就變成下午我才去做其他事情，變得非常規律。每天寫一千字，如果沒工作我就會去練瑜珈，或者去游泳池裡面走路。我就只是想要練體力，也沒想到可以去健身房，但那時我也沒錢。那時候就處在一個非常好的狀態，有時候一兩點就寫完一千字，下午可以看書散步。我發現這樣的寫作，可以用一種很好的狀態，把很大的一本長篇小說寫完，大概不到一年就寫完。很規律，我會每天把字數寫在行事曆下面，我一直在想說，這如果是錢就好了。

莊瑞琳　那妳怎麼找到《附魔者》開場的聲音的？

陳　雪　喔，那不是開玩笑的，很可怕的方法。我寫第一人稱寫了三萬字，全知第三人稱也寫了三萬字，好像怎麼寫都不對，在不斷練習當中，有一天我突然想到說，那應該是一個混聲，輪唱，因為這件事把所有人的命運都捲進來，而且輪唱是接續的，這個人講到這裡，換另外一個人。對我來說，這是很複雜的方法，還蠻難的。可是發現的時候，我很高興。雖然花了很多時間找出來，但這才是足以寫這個小說的方式，每個人都牽涉其中，沒有特別的主角，每個人都被捲到這個故事跟這個命運裡面。雖然這不是最客觀的方法，我沒有辦法成為每一個人，但我還是想從每個人的角度去看這件事，有點像萬花筒，我從這個角度看

進去，你再從那個角度看出來。因為裡面寫的時間是二十年，所以我在創造這七個聲部的時候，突然間覺得寫小說是很複雜的事情，包括怎麼處理時間，怎麼處理時間的速度，每一個聲部怎麼切進去，要敘述的事情很大，只能切一段，那要切哪一段，最能代表那個時刻發生的事情。做蠻多技術上的演練。

林秀梅　以《附魔者》為例，聽起來妳可能不是先想好大結構，而是先有細節，等細節出來之後，再來想最渾然天成的形式，因為妳的形式跟內容是一致的。有些作者會有一個制式的結構模式，比如雙聲混、交叉，妳的書寫習慣呢？

陳　雪　我的書寫習慣，是每一次都不一樣。我是一個多變的人。《橋上的孩子》是一個告白體，一個找不到記憶的人，透過對一個人說故事來慢慢挖掘記憶，並不是無法用線性的方式去寫，而是如果要呈現一個記憶破碎的人，如何喚醒他的記憶，最好的方法就是透過告白。這本書的基本形式就是一個告白體，我對你說我的故事，我的故事很混亂，我也只能說得很混亂。到了《陳春天》，我很清楚意識到，我希望它是現在與過去交替，是雙聲部，兩個語言也會有點不一樣。而且我很刻意地希望它呈現一種，發生事故的童年，發生事故的鄉下，一直陰魂不散……所以時間跟空間是很刻意地雙聲進行。這也是我很喜歡寫小說的原因，我非常喜歡這些方法、結構啊，找一個敘事聲音啊，可以做很多實驗，我不是有很明顯文字風格的人，我比較希望每一個小說的文字都是符合小說的調性跟風格，為一部小說而去準備一種文字。可能也因為我沒有特定的風格，所以我可以去變化。

寫完《陳春天》我就覺得，我的寫實能力與調度時間都變好了，過去每一本都在學習。我通常不會馬上想主題，應該是有一個念頭，或是有一個畫面，比如說《惡女書》就是鄔瑪舒曼的那個畫面。《橋上的孩子》則是我在美國的時候，剛好我去 UCLA 演講，我就跟家人請假兩個月去那邊住，那是我第一次那麼輕鬆，住在一個學者家裡，很漂亮，很舒適，後面有院子。筆電打開，我現在是一個作家，時間很多，可也很短只有兩個月，我就來即興亂寫。我有一天就想

寫一座橋，有一個女孩推著一個車，那個記憶像一個卷軸，就像清明上河圖這樣捲開，我就飛快一直寫一直寫。我當時想說，我只是來度假的，寫什麼都可以，寫完那個畫面後我就赫然覺得，那是我自己的故事，是我小時候的遭遇。所以我沒有特別想我要寫什麼主題，只是想說我能不能寫這個故事。剛開始心裡是覺得，我可能可以寫，但不能發表，但我還是想試著寫看看，所以在美國就把第一章寫好了。我常常就是一個畫面，《陳春天》是去醫院照顧我弟弟，走在路上我想到，很小的時候我有一個弟弟死掉了，我媽媽因為那個弟弟死掉發瘋了。我就想到鄉下很多因為死掉小孩發瘋的人，想到「肖仔」（瘋子）兩個字，這就是我一開始的主題，就是肖仔。

莊瑞琳　《附魔者》或《摩天大樓》的施工比較複雜，有些小說家寫這樣的長篇會有完整大綱，類似建築的施工圖，那妳會畫小說的施工圖嗎？

陳　雪　我不會有施工圖，但會把結構放在心裡面。《摩天大樓》比較特別，一開始有很多人物速寫，還沒寫《附魔者》之前，我就想寫《摩天大樓》，我大概先做二十個人物速寫，練習，誰誰誰幾歲，什麼職業。但那時候只有人物而已，還沒有做結構，《摩天大樓》完全不同於我以前的寫作方法。《附魔者》是我知道我想寫什麼主題，我在書上有引格雷安・葛林（Graham Greene）的話，那時候重讀《喜劇演員》，我完全就是為了這句話寫這本小說：「在多數人的一生裡，經常是面對萬劫不復的一刻而不自知。」

莊瑞琳　聽過《附魔者》的故事。幾年前妳在高鐵上跟駱以軍講了一個故事，他聽完後跟妳說，一定要寫出來，後來就成為了《附魔者》。那個故事是什麼？

陳　雪　那時候我們在討論很瘋狂的性與愛情，那天晚上我們輪流講自己生命裡很瘋狂的……在愛情裡面會變得非常非常瘋狂的……我講了一個我年輕的時候，因為愛情而瘋狂的故事。這個故事的主題跟《附魔者》是有關的，就是跟愛情有關，

跟性有關。我那時候還沒想到要寫成小說，因為那只是很龐雜的記憶，要變成小說還需要處理，我是因為想到這句話，才找到那個關鍵點，那個鑰匙，可以解開說，原來我想講的是這樣，那不只是一個人的遭遇，不是一個人的某段經歷，它必須要能夠處理，命運，妳有一個時刻就真的跌到深淵裡面，完全不曉得為什麼人生像被車撞到，才把這些東西結構起來。那時候跟駱以軍他們聚會蠻久了，我們常討論很多東西。他也常講他寫《西夏旅館》，脫漢入胡，我不會想到可以像他那樣，用一個概念去寫小說。我沒辦法像他那樣去解構東西，我們是非常不同的作家，但他們還是給了我一些啟發，除了憑直覺外，除了在技術上演練以外，其實在哲學上，可以進行更深刻的思考，把它轉化到小說。《附魔者》應該是我第一次嘗試，包括跟宗教有關。討論的時候我們並不會討論到那麼細，但我們談話很像在變奏，那些談話對我都非常有影響，因為我自己可能沒辦法做這樣的思考，我還是比較故事性的，感性的思考。另外一個原因是，他們都是男性，他們想出來的跟我都不一樣，駱以軍就說他很想寫一個男版的《附魔者》。

到寫《迷宮中的戀人》，改變就比較大了。那時候生病，受到很大的挫折，可能不能寫長篇了，人生也有很多變化，還沒跟早餐人在一起。那時候我主要在想說，我出了什麼事？為什麼會變成現在這個樣子？要說一個主題的開始，就是疾病的隱喻，那時候也讀了很多書，因為寫《迷宮中的戀人》的時間很長，大概兩年多吧，那時還在恢復。我生病了蠻長一段時間，有段時間眼睛會反覆感染，很畏光，不太能看書。所以我那時候重讀的東西比較奇特，讀了很多臺灣作家的書，讀舞鶴、朱天文、童偉格，童偉格的《西北雨》我讀了好幾次，他寫的人物跟我作品完全沒關係，但那段時間非常喜歡讀華文作家的書，很精細地一直讀。我特別喜歡舞鶴的《悲傷》，還有朱天文的《巫言》，讀了好幾次，還讀駱以軍介紹的柯慈，讀《屈辱》。那時候所有的事情都變得很慢，寫作速度很慢，那時還沒同居，我會在我家跟早餐人的家之間來回，下午的時候，早餐人那個屋子後面有樹，有鳥的叫聲，家裡有貓，好像在一個很沉靜的時光，不知道復原要多久，想讓自己的心很安靜。讀這幾位的作品，可以讓我的心鎮靜下來，慢

慢讀作品。那時候還讀了其他年輕時也讀過的，挑選的都是比較沉靜的書，然後就慢慢慢慢地寫。我覺得《迷宮中的戀人》本身形式就很特殊，一開始決定要寫的時候，當然也花了很長時間在想它應該是第一人稱、第二人稱還是第三人稱，後來就想到了，當一個人支離破碎，要把一個人拼湊起來的時候，可能就像魔術方塊，你一直在轉，終於把它轉起來了，所以我想要用魔術方塊的辦法去寫，有第一人稱，第二人稱，全知的，有日記、箚記、書信，是一個人方方面面，全面的探問、全面的觀看。反正這本書也不知道何時會寫完，我覺得這樣的形式特別適合呈現像迷宮一樣，很糾結的過去，一個人釐清漫長的過去，而且我確實還在追問答案，所以是邊寫邊想我要寫什麼，這個主題是什麼。寫這本書最為重要的是，我要追問，我出了什麼事？什麼東西讓我人生變成這樣？我現在成為了什麼？

林秀梅　我在閱讀時有這種感覺。《迷宮中的戀人》的文字與調性跟之前的作品不一樣。我很喜歡這本，早餐人在《迷宮中的戀人》的形象塑造得非常感人，我讀到最後還哭了。《摩天大樓》跟這本很不一樣，《摩天大樓》讓我覺得比較疏離直接，但《迷宮中的戀人》有一種沉靜安定。

陳　雪　其實就是整個時間都慢下來了，寫《附魔者》的雄心壯志也都沒了，搞不好是這輩子最後一本書了，就慢慢寫。我自己覺得人生中文字最好的作品，就是《迷宮中的戀人》，可能是寫最後一本書的心情吧。也可能因為生了一場大病，才慢慢恢復寫作，整個人經過了很大的挫敗跟強烈的傷痛。其實那之後我沒有再來過小小書店，因為那是我一個的創痛記憶，剛出版《附魔者》，小小還在舊的地方，那時候剛失戀，我的女友跟別人交往，不得不分手。我的書剛寫好，而且《附魔者》是寫完還沒細修就病了，修完之後要出版了，接受第一個採訪的週末，回臺中就發現被劈腿了，回來臺北就要新書發表會了。那時候在小小的新書發表會，連我兩個朋友在內只有十個人吧，而且當時只有辦一場，就是在小小。我女朋友站在後面，她過一會就要回去她的學校了，她的新歡就是在

她的學校，我其實是個很堅強的人，講到後來好像有一點快哭出來。我很瘋狂寫《附魔者》的過程中，我寫作是蠻瘋狂的，也許她覺得我壓根心沒在她身上，她問我早上有沒有想她，但我早上都在寫小說。因為她起床我就要陪她，要約會啊，趁她去上學的時候、睡覺的時候，我就拚命寫，完成我的一千字。我有感覺或許我太投入在寫作，生病的時候又瘋狂在醫病，我整個人並不可愛，如果我是她，也許也不能負荷（這樣的關係）。她說我不浪漫，是因為我是作家才跟我在一起的。一個作家不浪漫對一般人來說完全是幻滅，我只會在公園繞圈走，在游泳池裡面舉手，回家蓬頭垢面，沒有任何浪漫的一面。

莊瑞琳　妳說《迷宮中的戀人》是妳文字最滿意的，那種創作狀態是什麼？

陳　雪　早餐人說我很像龍宮老人，自己蓋龍宮，整天在裡面實驗。那時候也還沒有很有名，活動都停滯，沒有演講什麼的，只有寫專欄而已，所有時間都拿來寫作。早餐人上班時間很長，我就帶著我的稿子去她那邊寫，只要讓我坐下來我就可以寫。

林秀梅　我在妳作品的後記或自序裡面，不只一次看到妳寫說，創作回報給妳的是更大的，妳是全身心投入創作，但那個回報……我也聽舞鶴提過，他寫《餘生》的時候，也是每天規律的，是創作最好的階段。他說在寫的過程中，甚至比任何美好的性愛還好。

莊瑞琳　駱以軍說他在愛荷華，寫《西夏旅館》前十章的狀態，也是很像的。

陳　雪　只要給我一個包吃包住的地方就好。但我現在有家人有伴侶，不能這樣了。但我只要有一個地方包三餐，可以練瑜珈，有個健身房，樓上有圖書館就更好了，不然去書店旁邊開間民宿。我寫《迷宮中的戀人》每天都有散步，那時候不能運動，動作都超慢的，每天去散步，做很長時間的思考。我每一個章節都重寫非

常多次，寫《迷宮中的戀人》是非常緩慢煎熬，早餐人每天回來問我寫得怎樣，我就說全部打掉重寫囉，每天每天狀況都不同，阿早下班回來，看到我就是一個披頭散髮、卻滿臉迷醉的樣子。我大概閉關一年。我剛開始寫《迷宮中的戀人》時在復健，對自己的狀態沒有信心，有段時間有懼曠症，不敢出門，會感冒或突然肚子痛，所以不敢出去太遠。我第一次去比較遠的地方是房慧真帶我去臺大，另一次是胡淑雯跟房慧真去看我，那時候都不敢跟人家見面，然後有一個朋友帶我去搭公車，去比較遠的地方。就突然接到香港浸會大學邀請當駐校作家，而且有酬勞。我問駱以軍，他去過，他說很棒，我就答應了。去那一趟帶給我重新站起來的信心，畢竟出國了，一個月的時間也沒病倒，那時第一次去了大陸，認識不同國家的作家。我是在那趟旅行中學會了化妝。而且那時候我真的覺得臺灣作家很強，我們是小國，但我們的狀態跟努力都是國際級的，寫出來的作品不會輸給別人。我當時也覺得自己開始邁入成熟期，也會有雄心壯志，希望作品被翻譯，或去大陸出版。那時候真的有被點燃雄心，不是只有像以前只想要寫小說，而是有事業心了。在臺灣的時候每天都病懨懨的，回來之後就會化妝了。在那邊，突然心裡會有一種很遼闊的感覺，我覺得寫完《迷宮中的戀人》這本書，我就會好起來，到遠方去了，所以處在一邊療癒自己，一邊讓自己壯大起來的狀態。

莊瑞琳　提到妳的寫作主題，愛情跟性，這兩個是很重要的，而且橫跨妳從年輕至今。在不同的階段，透過這個主題，妳有想要觀看的東西嗎？妳想要透過它去理解什麼？

陳　雪　最早期會描寫性，或者把性做為一個主題，一個大的原因當然是我對禁忌的興趣，或者本來就想要特別想要碰觸或突破，對當時的我來說最大的禁忌就是性，或者是性裡面的禁忌，包括亂倫、性的創傷、同性的情慾，更多其他的性的嘗試。但核心會想要這樣去談性，因為性是我理解愛的方法，或者是因為我不理解愛是什麼，我想到的愛就是跟性有關，年輕時候的我沒辦法想像愛是什麼，

好像一個愛無能的人，我可以去構造一個愛情故事，但多半也就是愛無能的人的愛情故事，始終不曉得除了性之外還可以有什麼表達方式。但性也是愛的匱乏、愛的無能跟愛的傷害，我想到的性都不是非常美好的性，不是歡愉的性，可能是恥辱或挫折，性甚至會使妳入魔⋯⋯愛欲可以使人瘋狂，或者墮入地獄，做出不想做的事情。性只是表現的方法。對當時的我來說，能表達愛這個抽象東西的形式就是性愛。甚至想要描寫沒有愛的性，純粹是肉體，那又代表著什麼？我會想要去探索的都是沿著性發展出來的，人跟他人的關係，想要去愛一個人，能做的就是跟他做愛。想要去恨一個人，或者放逐自己，能做的可能不是去撒哈拉沙漠，而是跟陌生人發生一夜情。包括人的自我追尋、自我放逐，都是在性愛這件事情。

林秀梅　但這個性的探討，到後來有沒有一些改變？我問題裡面提到《鬼兒與阿妖》這本書，肉體的獨立自主，我相信舞鶴本身一定有他的體會，有人說這是肉欲烏托邦，我問過他，他說沒有烏托邦這件事。到妳這邊來，妳的性跟愛，妳在看《鬼兒與阿妖》裡面探討的肉體獨立自主，跟妳自己的體悟，因為肉體獨立自主我自己覺得很獨特，一群人在追求這樣的肉體生命，那也許妳有一些經驗，或者妳書寫《只愛陌生人：峇里島》，那時候裡面主角的經驗是不是有什麼追求，除了工作之外，當時當然有一些愛情創傷，但她一直在追索陌生人的性這件事，是不是有一些獨立於愛情之外的性？

陳　雪　我關注的性跟舞鶴不太一樣，他也許是力量更強大，《鬼兒與阿妖》描述的肉體自主，性獨立自主，對我來說，我也曾經在我涉身的性別運動中討論過或主張過。但我個人做為一個作者，我實際上是沒辦法真的去描述完全自主的，愉悅的快樂，我的性總是帶著痛苦或困惑。可能我寫一夜情，跟陌生人的性，背後還是始終有一些沒辦法放開的東西，或者即使這個人感覺到人的身體是自由的，性應該是可以流動的，但還是有一些陰影纏繞著他，使得他不能擁有一個自由的、歡快的、愉悅的性。我寫的性愛分離，裡面是悲傷的，因為沒有足夠

的力量撐起完全只是肉體的、很愉悅的性。我早期被當作酷兒作家，想像中當然是有力量的、革命的，但這幾年再看自己的作品，我覺得楊照說的也並不完全錯誤，我是有罪惡感，只是我不是覺得同性戀有罪，女性情欲有罪惡感，而是角色本身的罪惡感，那是更深層的罪惡感。

莊瑞琳　我覺得愛跟性沒辦法自己完成，它一定有一個對象，即便是性幻想都有一個對象。這件事情一直跟妳為何要寫作，為何要探索，是強烈綁在一起的。這很像是屬於陳雪的失樂園，人的成長、啟蒙以及被破壞，都跟愛與性有關。幾乎妳作品的每個人物，都是在這樣的失樂園裡面。

陳　雪　是，妳說的沒錯，《迷宮中的戀人》是最徹底在講這件事情，因為我把愛情的這些過程仔細地寫出來，那是一本愛的百科全書。從相信愛，到發現自己沒有能力去愛，做了非常多肉體上的實驗，但不是《鬼兒與阿妖》說的那種狂歡，它進入一種很可怕的黑暗，妳把自己放逐到一個，進入一個曠野，但心裡想要的只是跟普通人一樣好好地去愛，跟普通人一樣，那個性不是帶著傷害，不是附魔一樣的瘋狂。那是我一直在追求的，我的角色跟我一樣，我們都在追求從性帶給人的困惑或傷害，妳從一開始就沒有在性愛這件事好好成長，總是被截斷或者過早地成熟，其中很多是傷害性的。我以為到《迷宮中的戀人》，我已經做了一個很徹底的整理，但這個主題還是延續到《摩天大樓》，我還是讓女主角繼續去思考這件事。我直到寫完才知道，也許這件事需要再一次的提問。王德威評論時有看出我，不懂的人可能會以為我只會寫那樣的女主角，只會寫亂倫或傷害，但寫作對我來說是一條長河，這個角色負擔著我想要處理的命題，不是一次可以完成的，不是一次就可以找到答案的，它需要一次又一次的，這就是作家天生沒有完成的命題。寫到《摩天大樓》時，我好像可以很自由地寫跟我的出生背景都沒有關係的事情。可是我還是想要給女主角鍾美寶一個悲劇，想要再次處理這樣的人，最後能不能得到救贖。表面上看起來她是犧牲者，或許已經造成的傷害，沒有辦法使它消失，可是它可以發生一個意義，可以把

這個罪取消……以前我想討論禁忌、愛、性,但之後我想討論的可能是罪與罰,是下個階段我想討論的。那她不再只是我過去小說的角色,而是怎麼用自己的一生去碰撞、追尋,在愛裡面折衝,想要被愛。這樣的人,她可能無法挽救她自己,但她不再只是一個被害者,而是一個可以照亮別人的角色。

莊瑞琳　其實《摩天大樓》有,妳後來寫每個人如何回憶鍾美寶,鍾美寶可能是他們唯一可以傾吐的朋友。

陳　雪　寫《迷宮中的戀人》的時候,有一個小嘗試是生活小百科,我就發現,我蠻擅長也蠻喜歡這樣的事情,跟早餐人在一起之後,開始有一些餘裕進入生活之中,不再只是一個小說瘋子,生活裡還有一些別的事情。等到真的寫《摩天大樓》時,中間要再提一件事,我二〇一一年生活有一個改變,就是我跟早餐人出櫃,開始寫臉書,寫《人妻日記》,寫《戀愛課》,對我有極大的幫助。我過去是一個很自閉,很憂鬱的,一直在孤獨探索自己問題的人。我沒有能力,也沒有意願跟別人接觸,就只是在書寫我自己。從香港回來帶來的力量,我真的實踐就是寫臉書,以前我不知道作家為什麼要講自己的事情,不是應該寫小說就好。但做這件事,意義是慢慢感覺到的,我們的故事見報後,很多人來加臉書,在留言裡寫說,他們看到我跟早餐人結婚,一張小照片對他們來說是多麼大的鼓勵。我起先不能理解,但慢慢加了朋友,我常常回想,在我的人生發生劇變之前,我是一個怎樣的人?其實我小時候是一個活潑的小孩,很搞笑,但在一段漫長的時間中,成長過程中完全沒有那些東西,我一直在自己的痛苦跟創傷中想要活下來。別人的發言,我回應他們,我只是寫我跟早餐人的點點滴滴,做為生活的紀錄。那時候臺灣情況還不是現在這樣,我在臉書上寫生活點滴時,真的會有很多人跟我說沒想到可以這樣,在臉書上寫跟伴侶的生活點滴。在臺灣做同志運動已經二十年了吧,我很理所當然以為我們很進步,我們每年都有遊行,實際上很多人並沒有活在那樣的氛圍裡面,因為我就是在同溫層。臉書這個效應是,很多住在中南部、花蓮,甚至是澳門、馬來西亞的讀者,也許他們就是

同志，他們看到這件事可以被日常化，是一件很打動他們的事。我起先也沒想到可以出版《人妻日記》，我自己也蠻猶豫的，我們以前受到的訓練，就是妳是小說家、純文學作家，做其他事情就不純。我本來就一直參與同志運動，但那個不是小說家陳雪，等到我曝光，寫臉書，這個小說家陳雪跟陳雪合一了，展現在讀者面前。其實我經歷過蠻長期的掙扎，但我發現我還蠻喜歡，我有一個俏皮的部分，展現出來我是會很高興的。但也會想說，一個小說家出一本《人妻日記》，真的OK嗎？出書之後辦巡迴簽書會，真的會有很老或很年輕的讀者說，他這輩子沒有參加過簽書會，從來沒有跟他的伴侶到一個地方，兩個人手牽手一起參加，一起笑，沒看過書上會有兩個活生生的拉子，一起生活，刷牙，還是臺灣人。我那時候會去接受採訪，是因為駱以軍跟我說，陳雪啊，妳也該到回饋社會的時候了。我很相信他。但我出《人妻日記》時，連他都說妳是不是太嗨了。後來駱以軍有一個Gay好友跟他說，他看《人妻日記》非常感動，駱說他那時才理解到這本書的意義。「同志生活」這件事被日常化了，慢慢很多同志朋友就開始曬恩愛。我不會覺得是我影響他們，只是有一個人帶頭講出來，同志也有他的日常，大家也把自己的日常呈現出來。所以我後來突破心結，而且我從小是一個很悲苦的小孩，家境不好，憂鬱、負債、惡運纏身，我沒想到我是一個可以給別人帶來療癒，別人看到我會感動，這件事太詭異了。對我來說，這是以前我年輕時想要卻沒有的。在我漫長的孤獨掙扎中，我從來沒有遇到一個人，會跟我說，即使像妳這樣奇怪的人，也可以好好地活下去，沒有，大部分人只是覺得妳很怪，為什麼不能正常一點，寫作也不正常。我剛好可以做為一個非常好的例子，即使妳一直都是一個很怪的人，也可以走出一條很怪的路。這個很格格不入，很奇怪，到最後也能夠讓自己覺得很安適，這是我自己覺得很奇妙的東西。我過去一直在寫性，但很少寫到愛，因為我很長一段時間以為性就是愛。我沒想過愛會是別的東西，它可能是相處，所以我後來寫《戀愛課》，因為我赫然驚醒，我根本不懂愛。這個東西乍看之下是無關的，但我始終覺得這會幫助我的寫作，當我可以懂得愛之後，它讓我成為更完整的作家。每個人有他的使命，我有我自己的任務，就是要修復陳雪這個人，讓她成為一個作家。

莊瑞琳　這接到我下一個想問的，就是家。這樣的歷程像在說，我這樣的怪物，也可以擁有一個怪物的家，妳終於把自己的家建起來了，妳可以在裡面做所有日常生活該做的事情。在妳的小說裡，第一個主題我們講愛與性，同時一個更重要的主題是，他們都是離開家的人，失去家的人，我會覺得家這個主題是一個很大的背景。所以對妳來說，這個家的意義是什麼？

陳　雪　最早寫《惡女書》的時候，這些人都是顛沛流離，沒有家的。開始意識到家是《橋上的孩子》，可是《橋上的孩子》還是沒有家，他們是在市場、車上。是沒有家在尋找一個家。我們很小的時候，就是顛沛流離，我們在鄉下有一個家，但是被爸爸把門鎖上，沒有再回去過。為了要擺脫過去，把門鎖上，裡面東西被偷光了，我們也不在乎，那是一個永遠失去的家。我們就住在賣衣服的閣樓，全家人住在一個夾層，我妹妹會畫畫，她每天都會畫設計圖，說如果以後我們有個房子，她還會做家的模型，因為房子很擠，我們就會打開窗戶坐在屋頂唱歌、種盆栽，假裝說我們有個家，聊以後什麼東西要怎麼放。一直到現在吧，我都會做夢，夢到我們家，夢裡的家有各種形狀、大樓、別墅、山莊、公寓，無論是什麼形狀、就是一個真正的家，有院子、有廚房，有自己的房間，大家可以安安靜靜圍著桌子吃飯。我還夢過我們家住在洞穴。關於家屋的造型，我可以寫出一百個形狀，但永遠都是想像中的，沒有一個是我的家。我在小說裡企圖想要創造這樣的東西，始終沒有辦法，因為我不知道家是什麼。一直到《迷宮中的戀人》，寫兩個人到了屋子在漆油漆，這應該是我第一次去寫說，你可能修復不了原生家庭，但你可以有自己的歸屬。所以我為什麼著迷寫摩天大樓，因為它就是各式各樣的家，那就是我終極的想像，把一個建築剖開，所有的家就被展示出來。到了後來，我自己就在想，所有這些無家的人，離家的人，家被奪走的人，除了自我放逐、放棄、逃亡之外，有沒有一個方法，是可以靠自己的力量，把這個家建立起來？《摩天大樓》完成後，我覺得自己蓋了一個房子，我覺得非常感動，裡面鰥寡孤獨什麼人都有，擁有正常家庭的人並不多。在現實生活裡，我跟愛人也有一個小小的家了，這些小說就像是臺階、道路，它們在指引我，我還是想要回家，想要

回到原生家庭，不是和解，早期會想要和解，但我現在覺得我已經強大到可以修復那個家，而不是跟父母說，你們把家還給我。我已經長大了，我現在就是要去修那個老家，在很漫長的一段時間我一直不想回去，每一次回家就是提醒我一些痛苦的記憶。後來我可能真的有被伴侶愛了，被讀者愛了，被朋友愛了，包括早餐人的家人對我非常好，他們讓我知道家是什麼，家就是年夜飯、拜拜、祭祖、包粽子，這是我不敢去想像的東西，他們用一種很傳統的方式，一年又一年地跟我灌輸這些。以前我很排斥，但妳以為妳很排斥想推翻，其實是因為得不到，所以我覺得是不好的，只好去否定它。我們家完全不信鬼神，討厭拜拜，不祭祖，沒有一個正常的像親情或團圓的溫暖。後來變成親戚、鄰居在照顧我爸媽，他們也是藉助別人的力量成為一個家。我們家有我們家結構性的悲劇，都是透過外人來看到一個家，很溫暖的東西我沒有經歷過。妳看到人家用什麼方式在相愛，在互相對待，我不是在正常環境下成長的。所以我現在對家的想法跟以前不一樣，已經造成的創傷無法消失，但可以重新打造修復自己，妳可以改變那個受過傷害的妳，妳可以重建自己。

莊瑞琳　但那個找不回來的媽媽呢？因為妳有很多主題在找媽媽，這件事可以被修復嗎？

陳　雪　我覺得可以。我一直在寫一些主題，現實人生在前進，但我不知道，我一直活在自己的時光很久很久，生命的時間動得很緩慢，好不容易長大一點點又退回去。其實媽媽早就回來了，回來很久了，我還一直在找她。我覺得我這次回去照顧我媽，我覺得她早就已經回來了，變得那麼老，我一直還在尋找年輕的她。這個執念太深了。這次回去照顧媽媽給我很大的震撼，看她老成那樣了，但我始終沒有開口問她說，媽媽我們當年為什麼會欠人家那麼多錢。但沒有問也沒關係，因為已經結束很久了，幾十年了。十五歲那年我媽就回家了。當然有一天我還是會問她，問她為什麼會欠人家那麼多錢，也許我的人生會從此被改寫也不一定。

莊瑞琳　因為妳用小說猜測很多可能性。

陳　雪　當然有時候我也驚恐地在想，所有的一切難道都是我的想像？

林秀梅　妳的記憶，妳覺得是混雜了妳自己或者是別人的，或者事實，或者是妳幻想，這個混雜起來的記憶，是《摩天大樓》之前的作品很重要的基礎，這個很有意思。

陳　雪　目前為止我確定這是真的有發生，只是說我不知道對每一個人的影響，卻影響了我整個文學生命大多數的時光。

莊瑞琳　妳講這個，就讓我想到很多白色恐怖家庭是一樣的，他們共享一個傷害，卻失去了溝通的通道，傷害在這個家庭把所有人孤立，兄弟姊妹之間沒辦法討論爸爸被槍決、被抓走，對他們各自人生造成的影響。甚至是到了五、六十歲，才終於去談，而且是藉助外力，因為我們去寫故事，他們才知道爸爸當年發生什麼事情，抱頭痛哭。

陳　雪　《無法送達的遺書》那本書我很多次都看不下去。一定有發生事情，否則不會這樣，但那件事好像大家不敢去談，以至於好像沒有發生，大家想要假裝它沒有發生。我一直不想忘記，不想讓事情輕易過去，或許我才是那個可以……這次我回去照顧媽媽就特別有力量，因為我真真切切活過好多次。我以前總覺得我是一個倖存者，或許每個人都是從傷害中倖存下來的。可是大家都活過來了。知道我弟媳懷孕的消息那天，我簡直是狂喜，我甚至還講了一句我根本沒想過俗氣的話，我對早餐人說：「我們陳家有後了。」但說出口我就知道那是我心裡真正的想法，因為妳總覺得風雨飄搖的這一家人，這麼悲慘的一個家庭，經歷了那麼多痛苦，會不會從此就沒有了，可是我弟弟跟我們不一樣，因為他最小，受到的傷害可能也比較小，他們小倆口這樣傻傻幸福地過，也很好。所以寫作是很重要的，不只是創傷修復這麼簡單，它是創造，創造很多現實意義，因為

現實太複雜，要用很複雜的方法才得以修復，不是簡單大團圓的方式。

莊瑞琳　要有一個人像冷靜的史家一樣，把檔案整理成一個故事。陳雪好像兼具兩個角色，自己要扮演史家，又是當事人，感覺要說成一個故事的過程是非常痛苦。

陳　雪　不只是痛苦，是困難。明明記得很清楚的東西，卻是空白的，怎麼兜都兜不起來，以至於妳懷疑是不是真的，沒有一個線性時間，很多東西都被妳扭曲過了，妳為了保護自己，可能記憶都已經變形了，說出來是這麼的困難。我每一本小說都在處理這件事，就是為什麼說出來這麼困難，為什麼要好好說出來，卻有那麼多障礙。

莊瑞琳　妳很擅長寫人處在一個局限的空間。一般人在臺北住那種非常小的雅房，我覺得妳描述得很好，這樣的人會過什麼生活，房間只有一把椅子，朋友來了只能坐床。這種細節，很多剛來臺北的人都經歷過，就是一個有薪水的無產階級。從妳的書看到臺灣很多不同階段的貧窮，他不是赤貧，他可以生活，但擁有的不多。這種貧窮感是什麼？

陳　雪　第一當然就是匱乏，就是選擇很少，妳可以活下去，但就是要耗費大量勞力，賺來的錢剛好可以付房租，也許還給家裡一點錢，幾乎沒辦法娛樂，甚至連好好交朋友都沒辦法。大家要去唱歌吃飯，每件事都要錢。我以前覺得我不喜歡吃水果喝牛奶，後來才發現不是，是因為我沒錢，所以在我的意識裡，我把我買不起的東西都當作是我不喜歡。因為我們家有負債，有債主，加上我父親非常節儉，所以他一直給我們一個印象，就是人不應該花錢。我對金錢沒有安全感，也是家庭造成的，只能過最低限度的生活，覺得錢是很多東西的罪惡來源。我媽不一樣，她是比較海派的人，就沒有那種匱乏感，她是從比較好的家庭嫁給我爸。我看我爸媽的結婚照，爺爺奶奶穿的是布衣，後面是茅屋，真的是赤貧。所以我覺得那些貧窮的記憶在我心裡。到我寫作之後，其實我後來覺得我

沒有真的那麼窮，是因為我要寄錢回家，始終不知道家裡需要多少錢，一下子就跟妳開口要五萬塊，寫作又賺不了錢，那種壓力就非常恐怖，好像妳一直在往死裡走，沒人可以喊妳回頭。還有我覺得作家應該要忍受貧窮，否則怎麼寫作呢？不知道誰給我這種印象。我爸媽那時候跟我說，妳寫小說就是餓死吧，辜負我們把妳栽培到這麼大。但我覺得做好這種心理準備也是蠻好的，我寫作初期，十幾年吧，到二〇一二年左右，一直都可以專注寫作，是因為我都做好最壞的心理打算，一年想辦法賺三十萬活下去，其中十萬還要寄回家。

莊瑞琳　所以妳從小想像過，如果擁有一個家，妳覺得什麼是富有？

陳　雪　只要不為錢煩惱就好。妳喜歡吃蘋果是真的喜歡吃蘋果，不是因為蘋果八顆一百元。以前我跟女友一起去吃飯，雞腿飯七十元，排骨飯五十元，我都點排骨飯，有一天她就點雞腿飯給我，但事實證明我還是喜歡吃排骨飯。我覺得富有，就是只要不為了錢而迷失自己……我有個朋友跟我說，他只要去吃迴轉壽司的時候，吃多少都可以，那樣的心情出現他就要小心了，再下去他就是墮落了。我倒不會這樣想，妳喜不喜歡一個東西，搞清楚就好了，我只要很平凡、很直覺的心理狀態就好。我不需要很富有，我只要讓爸爸媽媽可以安心地退休，比如說我媽開刀，爸爸還要去做生意，我跟他說，你這幾天不要去做生意，不要讓我睡在醫院裡面，我會失眠。讓爸爸媽媽脫離那種，始終很害怕沒錢的生活。我的理想只要這樣而已。

莊瑞琳　這個主題怎麼在妳的寫作當中……

陳　雪　之前去洗頭，那個小姐手腕受傷，但她連健保都沒有，她都沒有去看醫生，都買感冒糖漿，她說她繳不起健保。我生活裡有很多這樣的人。

莊瑞琳　妳描述的貧窮，它其實是一個匱乏，不是真正金錢上的貧窮。就像《摩天大樓》

　　　　　裡面寫的，很多人可以養活自己，但他還是貧窮。

陳　雪　大家在講生活品味，美學，很多人跟這個是沒有關係的。我可以想像一種住的
　　　　地方，地上就是巧拼，買三層櫃，用組合式衣櫥，看來是毫無品味的東西，他
　　　　們就活在這樣的世界裡，在五金大賣場買東西，在黃昏市場買菜，他的生活裡
　　　　面不會去想一個杯子要什麼形狀，杯子就是杯子，碗就是碗，剩下的錢買一點
　　　　零食，這就是生活了。生活只是基本功能而已。這樣的人，跟他談品味與格調，
　　　　那是完全的奢求。當然有人很貧窮還是有品味，那大概是因為有受教育。有的
　　　　人大概只能選擇一些很勞力的工作，我生活中很多這樣的人，我一轉身就會看
　　　　到這樣的世界。

莊瑞琳　這就是我為何要問妳苦難與人道主義，因為十九世紀的狄更斯也是這樣，他也
　　　　是一轉身就看到那樣的世界。他看到很多人鉛中毒，就跑去工廠調查，他捐錢
　　　　給孤兒，還去關心扶養孤兒的濟貧院。雖然十九世紀離我們很遠，但當代的小
　　　　說家看到的也許是轉身就看到的苦難。

陳　雪　我們住的那棟大樓就是很怪，就是很有錢跟很窮的人會住在一起。妳會看到那
　　　　種都市裡的窮人。從停車場出來，有賓士車在跑，旁邊是一個很高的垃圾山，
　　　　好幾個人每天都在上面找回收物，是一棟很複雜的樓，就是因為他們住在都市
　　　　裡，才有辦法在那裡面拾荒。我就認識一對母女，女兒是智能不足，去市場賣
　　　　撿來還可以賣的東西，媽媽就從回收找東西。在那個大樓裡面，看清潔阿姨在
　　　　那邊掃地，地板光可鑑人，這對母女推了一個車子在光可鑑人的地板上面，穿
　　　　了幾乎發臭的衣服，每個人看到她都知道她智能不足，就推著車子進入電梯裡
　　　　面，電梯裡面什麼人都有，例如酒店小姐，或者是小三，這裡是很多情婦住的
　　　　大樓。各種人都在電梯裡面，大家都避開這個妹妹。我是一個很複雜的人，我
　　　　沒辦法只描寫在垃圾堆的人，也想要描寫更為複雜的人，我是處在一個夾縫裡
　　　　面，我也沒有辦法只從人道主義的角度觀看這個事情，我想要寫的是混雜的事

情，要寫的是一個複雜的多樣性，因為我沒有過很富足的生活，所以還沒辦法描繪有錢的人的生活。我關注的是在夾縫裡的人，我關注的是沒有很富有的狀態，但受了好的教育，開始有一些階級轉換，比如《摩天大樓》的林大森。真正的赤貧我也沒經歷過，因為我們家是欠債，我們三餐不繼是因為爸爸媽媽沒有回家。只有在電視上看到有人家裡空無一物，我在國外有看過那樣的貧窮，我想關懷的就是各式各樣的人，我想描寫各式各樣的人，我覺得我沒辦法為他們做什麼，只能寫出那樣的故事。

莊瑞琳　關於妳，我想把妳跳脫出同志作家的框架，或者總是寫愛或性的作家，因為我覺得妳不論寫這個或社會性比較強的，更普遍性來說，其實是在寫苦難，同志是一種苦難，沒有家的人，找自己的人，這都是當代一般人的受苦。所以同志只是妳在描述當代苦難中的一種。這是為什麼我特別要問妳苦難，因為這會牽涉到一個人存在的價值是什麼。

——中場休息——

莊瑞琳　酷兒好像有點過時了？但這是一個要問的問題，關於討論同志這件事，時代是不是真的有改變？還是回到《惡女書》楊照的推薦序，沒有推薦的推薦序。

陳　雪　《惡女書》這本書還蠻有意思的，最早出版的時候，我看楊照的序還蠻挫折的，一個年輕女生帶著罪惡感，逃避社會。這已經是十年前的，每一次都再審視一次對當下社會的意義。再版的時候，我覺得很好玩，雖然楊照當初好像在罵我，但我也都有把他的話放在心上。但要回應的是，我最初並沒有想要寫女同志，我還不知道那是女同志，對同志文化根本沒有接觸，我完成《惡女書》之前，只有一段朦朧的女女經驗，絕大多數是我幻想的，對同志的次文化一無所知，所以我不是有意要寫一本女同志小說，我連女同志是什麼都不知道，只是因為很少有人寫女性之間的情欲。其實《惡女書》最主要的主題其實是母親，以及

一些被當作壞女人的女人。我覺得我自己經過十年後再看，不管是好色的、敗德的、離婚的，各種精神異常，比如〈異色之屋〉裡面，描述有一個很小的地方來了兩個女人帶著一個孩子，大家就可以說得很可怕，我想寫的就是被妖魔化的女人，這就是我的核心關懷。只是年輕時會找到一些突圍的方法，這就是我突圍的方法。後來經過十年，女同志變多了，同志運動經過十年洗禮，已不再那麼禁忌，楊照說我沒有去寫女同志的現實，這也是真的，因為我什麼現實都不想寫，我想寫生活裡沒有的東西，比如說我沒寫我的出身或童年，我寫的都是虛幻的東西，那是因為我還沒有能力去處理現實。但等到《惡女書》再版時，我已經寫了《橋上的孩子》，所以楊照的序始終是一個提醒，他說的不一定正確，但始終提醒我為什麼在逃避我本身，為什麼經過了那麼多年才寫《橋上的孩子》。

我想我特別著意要處理同志的主題，是《蝴蝶》裡面那篇〈蝴蝶的記號〉，我用一個比較寫實的手法，寫一個平凡的高中老師結婚後才發現自己是同志。但後來沒多久我就去寫《橋上的孩子》了，也是有一點刻意，年輕的時候被戴上那個標籤很沉重，我至今還是覺得理解我作品的人並不多，因為我作品裡面有太多鮮明的東西會吸引人目光，但我想寫的是一些難以啟齒的東西。包括後來在推同志婚姻，我才清楚意識到，因為最早出《惡女書》時，我始終沒有感覺到社會壓力，但等到我跟早餐人結婚，家人其實也很支持，卻在生活中感受到壓力，我發現我沒辦法輕易對房東或鄰居出櫃。所以我年輕時候的無畏只是在同溫層裡的無畏，是表面的無畏。等到了真的有同志婚姻之後，對別人說明這件事情很複雜，得要先出櫃再解釋，那我為什麼要跟你說這麼多我的隱私呢？但確實，我們經過那麼久的努力，做的比較多還是平權，他們花了很多時間去學校做性別平等教育，愛滋去汙名，老年同志等等，他們做的是很實在的事情，而且他們知道這件事必須花很長時間才能做到。經過這麼多年，新一代天然獨，他們也天然地不會排斥同志，他們覺得身邊有同志很自然。最難撼動的是中間階層的人，就是四、五十歲的人。現在十幾二十歲的小孩，對性別的觀念真的很開放，我覺得這跟長期的性別教育有關，包括每一年的同志遊行，點點滴滴

是在民間有效應的。但臺灣最早的同志運動，跟文學藝術電影都脫離不了關係，這是臺灣最特別的，是先有作品，也是我們同志運動可以走得更快的原因，因為妳有文本，有故事、有人物，我們同志運動是特別有活力的，因為妳有這麼多的創造。

張桓瑋（麥田出版編輯）　很多人說臺灣是最喜歡拍同志電影的國家。

陳　雪　說實在的其實不多。

林秀梅　臺灣同志在文學上是不是也走到比較前面？

陳　雪　這是當然的。

莊瑞琳　我七月去日本，遇到研究臺灣文學的日本學者橋本恭子小姐，她說臺灣文學最亮眼的就是同志文學，日本非常少作家願意出櫃，所以他們覺得臺灣的同志文學非常進步，是他們要研究的對象，她有在研究陳雪跟胡淑雯。

張桓瑋　我覺得同志運動走到現在，多元情欲已經有很多討論，只是這兩年運動過程中可觀察到，反撲的力量直指多元情欲的部分，被攻擊得很厲害。我覺得有時候同志是被道德壓著打的，有一部分人應對這樣的衝擊，想要進入婚姻體制，就把道德放在手上，也不是指責，會有一些切割或意見不同的地方。所以想問老師，妳早期寫到情欲與禁忌的部分，妳怎麼看待這樣的情形？

陳　雪　我覺得運動本來就有很多的路線跟派別，以前是這樣，現在也是這樣。只是因為現在要推同志婚姻合法，大家看起來有一個共同的目標，但在這個目標底下，大家會有不一樣的看法，有的人可能想推愛滋或性別自主。仔細觀察這些人，他們還是在做原本在做的事情，比如同志諮詢熱線，他們即使在同婚最刻不容

緩的時候，還是在熱線晚會討論愛滋感染者人權保護的議題。大家還是在自己原來的路線努力，應該要看到的是那個多元，而不是因為大家在吵架，就有誰的聲音應該被消滅。而且我們同志運動可以這麼有力，也是我們的異質，就是因為我們有很多不同團體，大家主張的東西不同，熱線做的是權益，同家會比較是同志家庭收養，推同婚的伴侶盟主力是立法，大家的主旨是不一樣的。大家忽略同志最特殊的一點就是，同志之所以可以繼續存在，就是因為知道人跟人是有差別的，我們接受人跟意見是有差異的，不要只有一種聲音，所以要去保護不同的人的權利。我還是蠻樂觀，推動同婚，並沒有誰真的被打壓，而是短暫的有人有不同聲音，聲音有大有小，因為現在媒體很複雜，要看在哪個媒體看到。現在的媒體情況不同，同溫層不一樣，所以我反而是覺得，大家是很堅持地在做他們要做的事情。

〔早餐人來電〕

張桓瑋　我自己對婚姻平權是蠻樂觀的，大概就是這一兩年了，但我會想的是，那下一步是什麼？剛剛老師有提到說，妳真正進入到婚姻後，反而發現自己在面對這件事情的一些難處，所以我想問，就妳的觀察或立場，不管是顯性的社會福利或一些心態調整，或者人際的調整，還有什麼需要努力？

陳　雪　該做的還是要做，婚姻平權是突然殺出來的，我不覺得這是平權的成功。臺大情殺案發生後，我那天去洗頭髮，旁邊一個婦人就說「這個同性戀，整天就是這樣殺來殺去」，我就想說我們要做的事情還多得很。婚姻平權只是讓我們擁有法律權力，不能因為婚姻通過就覺得一切OK，沒有，只是我們天時地利人和爭取到平權，還是很重要，因為合法的事情比較可以去說服一些中立的人。但該做的事情還是要做，甚至要投入更多力量去做基礎教育，反歧視。讓一些不進入婚姻的人，也可以得到保障，因為婚姻平權只是保障有結婚的人，我們要同時關注那些沒有婚姻保障的人，沒有因為婚姻平權而改善處境的人，他們

又更弱勢了。我很怕大家因為通過了，就覺得不用再努力了，很多人其實是受到更大的反撲。但我相信在做運動的朋友會持續努力，他們幾十年也沒有放棄過。明天就要同志遊行了，也沒有因為通過了就不去遊行。你是不能稍微鬆懈掉，因為它還是一個力量大小的問題。主流力量的位置是會變動的，有時候也會擔心政策是否會修改，就是不能掉以輕心。

林秀梅　剛剛談到蠻多《摩天大樓》，是不是表示妳在之後的創作，一些題材選擇，會有一些新的方向？還是妳未來的新的創作，小說的部分，有沒有一些新的嘗試的可能？

陳　雪　有，自己原來生命經驗的部分會變少了，也是因為處理得差不多了。希望自己不要再關在自己生命的小房間裡，要把眼光看向外面的世界。《摩天大樓》對我來說視野就蠻開闊的，雖然在風格上可能會有一點難以歸類。回到我原本雙子座活潑潑的性格，我本來就對於跨類型的東西蠻有興趣，我還在摸索怎麼讓它在小說裡面，或者純文學，它還可以什麼樣子。我覺得外國，我看到一些西方作家，不會因為劇情明顯就被當作大眾小說，但臺灣好像有這個問題，但我覺得，我能否寫出我自己認定是討論重要的議題，也是我喜歡的寫作的方式，而不會受到什麼是嚴肅文學的影響。過去可能現代主義的影響會影響到小說的走向，但我現在認為，我可以走出自己的房間以後，會想要給自己更多的可能性，不只是實驗。那種自由應該是，過去是為了拯救自己而寫，現在是在展現自己做為一個小說家的才能，只是時間的問題而已。我花這麼多時間整理自己，就是為了成為一個真正的作家，我覺得我現在就是一個真正的小說家。即使我還不確定我將來會變成什麼樣的作家。但那肯定會是我自己喜歡、想要走的路。

林秀梅　妳接下來正在寫的這一本，是取材社會真實事件，或者關心大的國家議題，所以妳接下來的寫作方向是什麼？

陳　雪　正在寫的小說，是想要寫一個虛構的小鎮。但我通常不會那麼明確訂出一個主題，如果有時間，我也想做一些紀實的報導，當作練習，甚至不是小說，我想做的事情太多了，現在是一個活活潑潑的陳雪，很想做很多事情。但我可能會慢慢做一些切割，有些事情可以放在小說裡面，有些事情可以做為跨文類的研究。我覺得我的腦袋現在可以想比較多事情。

林秀梅　所以是陳雪文學紀元的新年代。對自己文學事業的版圖有何打算？

陳　雪　身體好了就會很有壯志。我的雄心壯志有時都像是躁症發作，什麼都想試，整個思緒會很飛騰，我希望自己的作品可以到其他國家出版、被更多人看到，有很多議題我都想碰觸，比如說上次去馬來西亞，就會覺得馬來西亞好值得寫，但那個希望有點遠，目前還是要做可以做的事。往後希望有機緣可以出版就出版，有誰願意翻譯我的作品那也很好，但最重要的我還是希望寫出好的作品，可以感動其他地方的讀者。對於跨界的合作也有興趣，小說被拍成電影電視也不排斥，但我不會特別寫一個主題讓它拍，因為我比較感興趣還是小說。《摩天大樓》很多人來談改編版權，那些導演、製作公司都給我很多電影上的意見，我覺得這樣交流經驗很好，對寫小說也有幫助，但目前我的興趣，我不會特別想要把自己的小說影視化，我的興趣還是在探究小說的精神，那與電影非常不同（比如字母會）。散文還是會繼續寫，也會繼續經營臉書，我甚至也想做音頻或視頻，那都是精神好身體好的時候，活活潑潑的陳雪想做的事情就很多，但還是會以長篇小說為主，其他就是行有餘力時當作人生經驗。面對各式各樣的讀者，我不會想要為特定讀者寫作，但我會想要接觸不同的讀者。我可能讓很多從來不讀書的人會讀書了，但妳知道他們就是要讀《戀愛課》，他們本來就不是文學的讀者。有很多人讀《摩天大樓》，但他們本來是不讀小說的，這些對我來說，是讀者群擴大了。我並沒有變成散文家，我還是想要寫小說，長篇小說才是我的本命。但我現在就是不強求，就算有些貼文的臉書讚很少，我還是要貼，那是我們的自媒體嘛，我可以在上面推動任何我想要的討論，寫我

自己想寫的文章。我希望我可以用各種形式展現出我的力量，例如後來我到處去演講，他可能聽了妳的演講就去買書，有的人可能也因為這樣開始寫作，或者開始讀書。但我不會因為這樣就只寫《戀愛課》。我覺得讀戀愛文章也很好，他懂得愛人，有一個更好的生命，也很開心啊。有一些長輩勸告我，應該多寫一些小說，但我沒有少寫啊，六年來我出了兩本大長篇、還寫了五年字母會短篇小說，就一個小說家來說，我的功課交得還不錯，沒有愧對自己。人會去主動做他自己想要做的事情。我本來就一直很提醒自己，「專業寫作是我用生命爭取來的」，我不會忘記。但那種提醒也不是強迫的，我想做一個有力量的人，不是被逼的，包括這次跟大家合作字母會，五年時間裡不管發生什麼事都繼續寫，這樣經年累月的事本來就是我的愛好，我喜歡的都是那種日積月累才看得出成果的事。我現在不覺得自己貧窮了，我還是有勤儉的美德，但我已經越過了貧窮線，可以正常生活了。我覺得自己有餘裕了，這是很多事情一起造就的，包括我可以回應臉書或演講，但妳感覺到妳影響了很多人。有很多跟妳一樣孤獨的人，他們知道書寫有力量，讓這份力量透過書本或臉書或其他方式來傳播，用餘生來做這件事，我還是希望可以保持這樣的力量。

林秀梅　有一次私下跟駱以軍聊到，他說陳雪未來會有自己的一片天，他認為妳是最有這個條件，擁有一個個人的島。

陳　雪　從三十幾歲時我又衰又窮，駱以軍幫我算命就說我將來會富可敵國，我想我一定是因為他的「預言」才可以活到現在。但是我想要的不是什麼小島啦，我想要有自己文學的國，我想要有力量，不管這個力量是以什麼形式呈現，我現在也蠻擅長各種靈活的變化，可以調整自己的狀態跟心情。現在有時會有跨界合作，像前幾天去拍一個廣告，雖然過程還蠻累的，但沒想過自己可以這樣跟別人合作，覺得是很好的經驗，這些經驗將來都會成為小說的寶藏。如果十年前，我沒辦法想像我會做這件事，我不知道這樣好不好，但我本來就喜歡做有趣的事情，我想要擺脫過去被教導只能做什麼不能做什麼，我都當怪胎那麼久了，

好不容易長到那麼大,想做一些自己喜歡的事情。我希望像鍾美寶一樣,可以照亮一些人。這是我想做的事情。

林秀梅　因為妳也是自然而然走到現在,這個機緣值得珍惜。

陳　雪　我對新的媒體或傳播方式也都不排斥,只要有機會嘗試。

莊瑞琳　那妳要不要聊聊同代作家?

陳　雪　剩沒幾個。(笑)現役的作家,比如說還在巡迴賽的這些作家。

莊瑞琳　因為你們有一個情誼很特殊,就是回到袁哲生的葬禮,沒有那個契機,也不會有字母會。從同代再發展到跨世代。

陳　雪　我們是五年級的不死聯盟。我們還有其他領域的,導演啊,那時候因為年級相近,五年級確實有五年級的獨特創傷。

莊瑞琳　我昨天跟賴香吟見面,她也是五年級,跟妳講的東西非常像。

陳　雪　我們五年級已經活到快五十歲了,但我們始終不被當作大人,不知道為什麼。現在有些年輕作家,三十幾歲就覺得自己相當成熟。我接觸的大陸作家或其他國家的作家,在三十幾歲就是成人了,但我們在過去一直有一個沉重的包袱,沒辦法把自己好好說清楚,那個創傷是什麼……

莊瑞琳　是時代非常沉重的感覺。

陳　雪　我們的青春期還在戒嚴,我們的記憶還有那個戒嚴,成長後已經解嚴了,但心

理還是……我們是晚熟世代，內省世代，我們都各自花了很長的時間在整理自己的生命，處理自己的創傷。我十五歲媽媽就回來了，但花了快三十年的時間，才意識到自己已經長大。五年級是早就已經長大了，能力很強，但很晚才意識到。當然好處是我們會愛惜晚輩，特別不像大人，可是我覺得我自己在看，好處是我們延後了老去，我們到五十歲上下還是在創作，文學生命會因為晚熟而延長。我們的聚會跟相處，說實在競爭的成分不多，反而是惺惺相惜，因為沒有資源可以搶啊，我們得到的東西很少，得到很多的是我們的挫折。我們很多時間都在默默寫作，這是我對同代的理解。還有我們世代感沒有特別強，我們也會覺得偉格跟小瑞都是我們這個世代的，邊界被模糊，包容性特別強，也不會去爭排名，計較輩分，只要願意一起創作，都很照顧彼此。以後就是看各自的作品，剩下來的時光裡面做了什麼，很可貴的是大家都不一樣，像我有很多奇怪的雄心壯志，可能有些人就沒有，這個異質性，但大家還是可以聚在一起。而且有時候是不惜代價地在做一些事情。

莊瑞琳　我最近跟你們接觸，覺得你們孤兒的心態很重，每一個都是孤兒，在一起很像孤兒相依。因為我在崇凱身上沒有看到那麼強的孤兒心態。五年級生非常強烈，你們一直到了四十歲才覺得可以掌握自己所經歷的一切的經驗。我覺得很有趣，因為我就在想說，我想像陳雪，我總是會想到哪吒，割肉還母、剔骨還父，用蓮花再造自己，我覺得五年級生給我很強烈這樣的感覺，如果沒有再造自己，那就是死了。這個狀態的原因不詳，所以我今天來問妳，下一集繼續問顏忠賢。

陳　雪　顏忠賢是父母都不在了，我們要嘛就是父母死了，要嘛就是無家可歸，我們這群都是這樣。或許小說才是我們真正的家。

陳雪作品繫年

當我們攀爬上愛的鷹架 ——————

◉楊美紅

楊美紅
臺南人。臺大中文系、政大新聞所畢。曾任職媒體記者、編輯。寫作類型包含小說、散文、詩、報導與文學評論。著有《無法送達的遺書》（合著）、《彈塗時光》、《蛇樣年華》。

做為臺灣少數的專職作家，陳雪的創作始終保有穩定的質量，從實體書到臉書，從同志書寫到半自傳小說，她辛勤搭建情愛「摩天大樓」，不單書寫愛情與親情，也夾雜大量的底層風景，我常在她對於情愛的辯證詰問裡，看見人們攀掛在以愛為名所築成的鷹架上，小心翼翼，構架關係，忍受灼熱刺眼的愛恨情仇，每一步都有風險，都有不同仰望愛的視角。

但他們都在問。過於認真的質問構成偏執的氣質。

在私密的閱讀經驗裡。總是似曾相識。

從某方面而言，那些過於反覆的罪疚、往事與際遇，往往有類似的敘事基調。所有的角色與聲音，彷彿都是同一人。

都有太多難處。都太細緻敏感於傷害。

著魔的不只是角色，亦是敘事者，亦是聽故事的人。

叫賣人生，與我同行

在小說既定架構的網絡裡，人物被分配到的位置，足以影響他們對事物的感知與思索，包括金錢、愛情、性欲、家庭，親情、友情等人際倫常與揮之不去的勞動時光，構成看來搖搖欲墜，卻又堅韌的存在感。

許多人看陳雪作品，著迷於同性純情摯愛、戀人嗔癡與無所不在的性與創傷，然而伴隨著每個角色性愛困境外，屢被提及且糾纏不休的則是勞動、投資、欠債還債的生活困境。

關於那些我們既熟悉又陌生的底層生活，猶如看不見的城市，臺

灣人愛逛的黃昏市場、夜市，除表象的摩肩擦踵、市井叫賣，繁華背後看不見的還有金流調度、家族恩怨、黑道圍事。

陳雪，如她所述，的確因著擺地攤叫賣的經歷而在文壇出道時帶著與眾不同的傳奇耳語。

在臺灣，小說家對底層小人物關注的作品極多，且多帶著全知敘事角度，如為人熟知的黃春明、王拓、鄭清文等，帶著人道關懷的書寫已是文學傳統，然則，從自身底層經歷出發的作品，我印象最深刻者或許要從陳雪談起。

以底層家庭投資不慎為現實底色，陳雪所虛構出的情節與遭遇總是讓人驚心。如跟地下錢莊借錢、母親下海還債、父親猥褻女兒、小村落的流言可畏，黃昏市場與夜市裡的「武場」叫賣，批發服飾商家間的惡性競爭，資本主義底下為了金錢拚搏的人們，耗費心力求生的勞動感，亦濃縮於閱讀經驗裡，跟著角色蜿蜒行走，負著罪疚的重擔，小說體例裡過於貼近的眾聲喧鬧，總是折磨。

一如書中的家人、情人關係，「纏纏綿綿的堅持不懈」。

多年後，我讀到《臺妹時光》，不禁有種「此刻總該完結」的淡然。在陪伴作家與其作品的多年時光裡，從一九九九年《惡魔的女兒》、二○○四年《橋上的孩子》、二○○五年《陳春天》、二○○九年《附魔者》，直到二○一三年的臺妹，十幾年的時光飛逝而過，回過神來那些書中激烈的心靈與肉體之糾纏，亂倫與不倫，沉重與不堪逐一被清淡的行文風格輕輕攪起，當時光老去，曾經淌血的傷口如今成為傷疤，化為一道道江湖小吃，記憶再不堪也總有佳餚撫慰。

人情，已成世故。食色，皆是回憶。

江湖在走，道義有沒有？

曾經在一場高中評審文學獎的場合裡遇過陳雪。

陳雪擅講，低沉嗓音帶著江湖味，「生意子」的才能不假。彼時，

女性主義後，酷兒文學已漸成書寫主題，文化研究當道，紀大偉、洪凌、邱妙津、陳雪等人被研究者關注，彼時，家庭、精神分析與個人身世、際遇等是無可迴避的主題。

或許從那時起，關於底層，關於家庭，關於傷害，作家開始有了更多書寫。

我斷斷續續想起描寫底層勞動、童年與家庭關係困境的書寫，如楊索《我那賭徒阿爸》（二〇〇七）、吳億偉《芭樂人生》（二〇〇九）、《努力工作：我的家族勞動紀事》（二〇一〇），然而想起更多的是關於我所成長的八〇年代。

我想起我們所搬離的那個菜市場，因為父親家族兄弟分家的關係，我母終如願得以搬離，離開市場糕餅店，與我父在外購屋自組小家庭。我想起搬到的地方整條街多兼職家庭代工，想起童年幫著做廉價塑膠禮物的代工時，隔壁鐵工廠日日傳來江蕙〈惜別的海岸〉，想起了日後六合彩、大家樂取代了獎券，好多人都在神壇前問明牌。想到我同學天天打瞌睡因幫著家裡開便當店還其賭徒阿爸的債（後來因債主上門也只能關門避風頭）。

江湖，在投機的八〇年代尤顯凶險。

社會新聞開始有了幾件大案，如李師科搶銀行，如豐原高中禮堂倒塌壓死二十七名學生，如螢橋國小學童遭硫酸潑灑，如海山煤礦爆炸，如陸正被綁架。儘管政治解嚴，然江湖上，人人追逐金錢，建物偷工減料，人們夢想不勞而獲。

也因此，當陳雪寫到服飾批發零售，寫到手錶寄售的超級業務員生涯時，臺灣亦開始進入以自製品、仿冒品為商品的年代，攤商對生意經營更有想法，零售業者除掌握便宜供貨商外，業務還得拓展通路，舖點寄賣。但在那樣的年代裡，還充滿著各種可能性，市場尚未被全球資本壟斷，攤販必須看準機會，然而當模仿成為常態時，削價競爭遂成為一切哀愁的起點。

人與人的關係也隨著錢債、情債，陷入憂鬱深淵。

面對傳統倫理崩解，金錢遊戲氾濫，臺灣江湖，一如急就章的市集空間，簡陋、自我且日益疏離於他自己。

文字勞動與底層江湖

臺灣的底層書寫，如近來，林立青《做工的人》，以監工經歷寫下工地百態，讀來細緻深刻，又或是顧玉玲以旁觀者、報導者身分寫移工，只是這些佳構數量不多。若說真有三百六十五行，能獲得作家青睞的行業勞動書寫，遠遠少於這數字。

大多數的行業書寫，往往與家庭、職業有關，如醫師作家寫行醫百態、老師寫教學現場，家裡父母開中藥行、皮鞋或西裝商行等就寫商場營生，這些勞動行業環境大多不複雜，但往往也是一種勞動視角。

陳雪的作品、座談或演講裡，曾提及形形色色的工作經驗，然而與其他擁有一份正職上班族不同的是，工作與寫作往往難以相輔相成，甚至在過多的體力勞動之後，寫小說顯得艱難。

當她決意到臺北當「專職作家」時，單靠版稅無法支撐生活，專職作家也須以文學獎評審、寫專欄、接演講來維生，可以有這些「外快」機會已屬幸運，然而她念茲在茲者仍是創作小說，所有過往的工作經歷也僅只於「經歷」，非「志業」，不應長久。

或許這些都對。也或許不對。

回頭來看，若非有豐富的底層生活經歷，若不是曾被債務逼過，若不是人生有這樣百轉千迴，或許陳雪也非今日讀者所認識之陳雪。

那些過往非屬創作、見識「江湖」的聲色工作，那些非屬「創作」，而是「純賺錢」的兼差，被作家歸為「娛樂」工作，而「娛樂」也積累許多底層勞動的應對經驗，事實上，這是作家隨手捻來的背景與題材，也是創作裡最精彩，亦能引起共鳴的重要部分。

江湖場上，多數中產創作者、學院老師、醫師等行業所無法「臥

底」的環境，卻也是多數創作者想寫而難以寫得自然隨性的題材。在陳雪作品裡，與其糾結的情欲「共存共榮」，魔幻又寫實，島嶼邊緣再邊緣，負負可以得正，臺妹也能再升級。

換言之，際遇不幸或是幸運，於作家，並非絕對值。她走過的來時路，在文字裡顯得獨特耀眼。

若說能寫出道地臺味的底層行業書寫，難以靠幾位「專職作家」、「兼職作家」完成，那麼在臉書與網路發達的今日，在人人可以是作家、評論者、記者的眾聲喧嘩裡，陳雪於文壇的意義，莫過於從自身出發的書寫經驗，誠懇的激勵下一世代的創作者開始提筆寫生活百態。

看陳雪，不單看作品，亦看她如何對待專職寫作的勞動。

在臺灣的專職作家，為保有一定的創作量，需兢兢業業努力耕耘，專職作家或許難以逃脫「底層」勞動，無勞健保、版稅有限，拚搏於文學獎、補助案的申請、審查，也需透過人脈探查其他兼差工作機會，從這方面而言，陳雪夫子自道臺灣作家生活之側寫，酸甜苦辣之餘，卻又始終帶著勞苦過後，認分積極的特質。

創作於她，是人生志業，是深情無悔。

祝福各行各業裡所有志於寫作的臺妹們。江湖或許險惡，然江湖也是最好的創作舞臺。

偽裝的生命，在憂鬱與幸福之間：

讀陳雪《像我這樣的一個拉子》

◉王智明

相較而言，召喚有著非關個人的性格，這意味著誤認總是可能的。而且，不只是當時的口哨、汙衊或惡語構成了召喚，每一個代名詞都具有召喚的力量以及誤認的可能：「你，你是我說我愛的那個人嗎？」或是「我，我是你宣稱要愛的那個人嗎？」

——朱迪斯·巴特勒（Judith Butler）·《主體的感知》（*Senses of the Subject*）

質疑即是感到異樣。

——莎拉·艾哈邁德（Sara Ahmed）·《幸福的承諾》（*The Promise of Happiness*）

王智明

現任中研院歐美所副研究員、清華大學人社院學士班與交通大學社文所合聘副教授，以及《文化研究》主編。研究興趣為情感理論與離散詩學。著有 *Transpacific Articulations: Student Migration and the Remaking of Asian America* (University of Hawaii Press, 2013)。

　　做為一個性別正典的讀者，閱讀同志文學的意義何在？這個問題看似簡單，卻不容易回答。一個粗淺但大致政治正確的回答，是拓展性／別視野，讓自己可以從性別與性向的角度去理解社會中的少數群體，明白他們的愛欲情意或許有著不同於我們的形式，但根本上與我們相同。因此，我們不僅應該接納，真心擁抱，更應該支持他們追求幸福的權利。這大概是符合當下婚姻平權、多元成家主旋律的回答，或許也是許多讀者心裡的答案。然而，同志文學只是這樣嗎？它只是一種為正典（normative）社會去魅、解惑的文學類別，為的是以自己的痛苦交換社會的接納？它只是一種以文藝包裝的政治宣言，為的是以你的羞恥來贏得我的權利嗎？我不否認同志文學或許有著這樣的效果，但我以為，真誠書寫自我從來都是文學的任務，而唯其真誠，始得文學。如果這樣的命題可以成立，同志文學，和其他的嚴肅文學一

樣，首先是對人生的真誠描寫，是對生命歷程與社會構造切膚見血的剖析。拋開市場的標籤不論，同志文學不外是「人的文學」。[1]這正是陳雪這部新作《像我這樣的一個拉子》值得注目的首要原因。

陳雪成名很早，自二十一世紀起，迭有重要的作品發表與獲得大獎，例如二〇〇四年以長篇小說《橋上的孩子》獲得《中國時報》開卷十大好書獎，二〇〇九年以《附魔者》入圍臺灣文學長篇小說金典獎（該書隔年還入圍了第三十四屆的金鼎獎）；二〇一三年又以《迷宮中的戀人》入圍臺北國際書展大獎小說類的年度之書。除此之外，短篇小說〈蝴蝶的記號〉（原收錄在一九九六年的短篇小說集《夢遊1994》裡）二〇〇四年由香港導演麥婉欣改編拍攝成電影《蝴蝶》，該片當年被選為香港同志影展的開幕片，並成為新世紀重要的華語女同志電影之一。[2]當然，早在這些成就之前，陳雪就因為《惡女書》、《惡魔的女兒》、《愛上爵士樂女孩》等書勇於描寫女同志情欲與家庭困境，奠定女同志作家的地位，並在一九九〇年代臺灣風起雲湧的同志運動中，成為令人矚目「酷兒」作家，與邱妙津、紀大偉，洪凌等人齊名。二〇一一年她宣布與女友結婚，震撼了臺灣文壇與社會。在島嶼尚未天光，多元成家仍非主流之前，這樣的宣告與行動不可不謂大膽。婚後，陳雪在臉書上分享這段婚姻種種，並在二〇一二年集結為《人妻日記》出版。在這之後，陳雪似乎進入散文創作的高峰，除了二〇一五年的長篇小說《摩天大樓》外，接連出版的幾本書都是散文創作，包括二〇一七年《像我這樣的一個拉子》。

然而，僅以散文來定位《像我這樣的一個拉子》並不足以說明該書的「故事性」，甚至可能產生此書為作者自傳的不精確印象，尤其書中所採用的書信體格式本身就是流傳久遠的「文學傳統」。誠然，書中充滿濃厚的自傳性色彩，章節裡的各個人物，包括僅以「親愛的」名之的收信者，或許都可以查有此人；連作者也自承，這本書以其伴侶為界，「人生的前三十年都在一到十三封信件裡，而第十四封信橫

[1] 周作人一九一八年在〈人的文學〉這篇重要的文章裡就強調：所謂人，指的是從「動物進化的人類」，如此定義的目的是要指出當時「新文學」所應當描述的正是人類生活當中存在著「靈肉二重」的種種面向，都是值得文學書寫的體裁。人與非人的差別，因此不在於內容或是人道主義，而在於「著作的態度」。

[2] 關於《蝴蝶》在華語同志電影史上的重要性與意義，見程青松編，《關不住的春光：華語同志電影二十年》（臺北：八旗文化，二〇一二）。

越了漫長的十多年，書寫我與你之間於二〇〇三年短暫的相識相愛」與而後的分離、重逢與結婚。[3]但如此「對號入座」式的直觀閱讀，除了滿足了讀者的偷窺本能外，反而忽略了作者遊走於書信散文與書信體小說之間的經營，可能在文類創新之外，猶有深意：一方面以「親愛的」之名召喚讀者進入「拉子是如何煉成」的生命記憶之中，另一方面，每一段娓娓道來的生命記憶也都嘗試敲開讀者的記憶之窗，翻動讀者心中的「潘朵拉盒子」，檢視那些純真的、尚未社會化之前的情感與認同，翻找那些失去的、錯過的、不該來的戀愛筆記，如何培養我們愛與被愛的本事，又以愛為名為我們帶來了什麼樣的創痛、充盈、虛空與印記。因此，這本書不只是書信，亦是回憶與證言，是為了說明「那個我」是「如何形成、如何故障，如何使你愛上，也使你痛苦的漫長過程」。或許將之歸類於散文，讀者可以較輕易地和書中的愛恨情仇保持距離，掩上書頁，淡淡地說那不過是作家陳雪的經驗；而視之為小說時，讀者可以化身為「親愛的」，從主角的故事中尋找理解、放下與復原的勇氣，儘管我們永遠不會忘記。也或許，正因為散文／小說的跨文類可能，以及書信體的輕聲詢喚，讀者得以在「她」和「我」的閱讀位置之間游移，時而為她者的不幸而啜泣，時而為自己的勇氣而得意，並在她／我的幸與不幸之間、忠誠與背叛之間、愛與不愛之間，體會身為「拉子」的意義。

當然，幸與不幸、忠誠與背叛、愛與不愛並不只是拉子們的生命課題；拉子做為一種「身分認同」也不是此書最最關切的問題。恰恰相反，藉由重訪生命中不斷出現又離開、不同生理性別的「親愛的」，作者有意地將「成為拉子」視為摸索與理解生命多重樣態的過程，甚至藉重返記憶與記憶的重構，來問題化所謂的「拉子」和「同志」認同。尤其，作者大方坦承自己的雙性戀經驗與心路，不僅讓「雙性戀」這樣的群體得以現身，更擴大與深化了「同志認同」的想像——「這個被稱作「同志」的大光譜，實際上不是為了劃分、區隔，而是為了

[3] 但作者強調，「這也並不是一本傳記，而只是一些寫給你的信件。」而且「小說寫作與這些書信不同，這些信既是為你而寫，也是為我自己而寫」。「我」和「你」的字面意義與引申解釋，在閱讀中的分裂與疊合，正是這類書信體書寫最有召喚力的原因。

包容、接納，讓更多人找到屬於自己的顏色，這顏色甚至是多變的」。直面雙性戀在性相（sexuality）與認同上既內且外的困境，作者希望突破「血統證明」式的認同與區辨，讓生命真實存在的種種樣態都能獲得理解和接納。因此，真誠的自我書寫也隱含著介入社會的批判姿態。

同志的罔兩、偽裝的生命

雙性戀向來是人類情欲中的無解難題：不僅對自視為穩定恆常的異性戀是如此，對同性戀來說，也是如此。如果說前者可以將之蔑視為一時的迷亂失魂或是特殊癖好，無礙其正常，後者則往往視之為情感與身體的背叛以及認同上的不堅定，在接納與排拒之間顛躓。對於同性戀而言，雙性戀是不可言說與無法「視」別的「罔兩」，是同性戀這個脆危認同的「影外微陰」，即令它不發問、不質疑，它的存在就對同性戀社群形成挑戰。[4] 遊走於兩種性相之間，雙性戀雖然也對異性戀造成了干擾（但有時候更是無傷的誘引，乃至是迷人的誘惑，例如書中出現的「異男」們對於作者的同性戀經驗從不感覺困擾），但它對同性戀的影響卻是破壞性的：既叫人懷疑愛情，也令人困惑於身體和認同，畢竟在異性戀霸權下，同志認同已然艱難，雙性戀的存在更隱隱拉扯同志的邊界，在其幽暗曖昧之處，既尋求其接納與包容，又挑戰了「同志」一詞所預設的同質性。雖然廣義上的同志運動早已將雙性戀列入同志之列，但是同志社群對雙性戀的質疑，至今仍將許多人困在「雙重衣櫃」裡孤立無援。[5] 在這個意義上，陳雪從雙性戀的生命經驗出發，書寫同志的愛恨掙扎與認同困頓，誠實面對性相的多樣性以及愛情的易變性，從而提供了一個自我批判，又自我化成的罔兩視角，讓讀者得以貼近理解，隱身於同性戀與異性戀之間，「像我這樣的一個拉子」究竟是如何煉成的，又是如何存在著的。[6]

故事的起點是作者高中時代兩段青澀純真的單戀。首先出場的是參加籃球校隊的陸子儀：「瘦高身形……過耳一公分的黑直髮，沒有

❹ 我在此引述的是劉人鵬、白瑞梅和丁乃非從《莊子・齊物論》那裡所發展出來的概念。他們認為：「罔兩的提問有兩個意義：其一，在一個公私領域都忽略的、人們幾乎看不見（平常誰會注意影子外面猶有微陰，影子還有影子呢？）的位置上，向著常識世界理所當然的主從階序關係提出疑問，並且是對著比較有可能反省這個關係的、被視為從屬性的主體發問；其二，透過一個位於二元性主從階序關係邊緣、難以辨識的位置詰問，文本出現了二元關係之外的聲音，這個聲音之被辨識，也許不在故事本身，而在於一種貼近發問者的閱讀。有趣的是，〈寓言〉篇稱發問者為「眾罔兩」，提醒了我們：平常能被視為「個體」的，並不是所有的主體，在公私領域難以再現的邊緣位置發聲，通常會被視為「群」或「眾」中的一員。而罔兩被閱讀的可能，也許就在於「眾」，不是由於人多構成群眾，而是由於他們面目模糊卻堅持提問」（iv）。見劉人鵬、白瑞梅和丁乃非〈序：「罔兩問景」方法論〉，收錄於劉人鵬、白瑞梅與丁乃非編，《罔兩問景：酷兒閱讀攻略》（中壢：國立中央大學性別研究室，二〇〇七）。

髮夾，分線右邊，瀏海垂覆隱約遮住半張臉，露出單眼皮眼角上揚的鳳眼，窄直鼻樑，薄而紅的嘴唇緊抿，小麥色光滑無毛孔斑點的瓜子臉」，那是「清麗，俊秀，無性別的美」。接著出場的是鍾敏嘉，也是「高瘦修長的身形、柔軟的齊耳短髮、單眼皮、小巧鼻子、薄薄的嘴唇沒什麼血色」。這時候的感情來得迅急、澎湃，卻一無所求、一無所知，只像是有滿腔的熱血必須導向什麼去澆灌，去燃燒，既沒有想要如何的念頭，也未曾有過片刻的質疑。愛戀對象有明確的形象——「帶著少年的氣息」、「非常男孩氣的女孩」——但愛情本身沒有確切的標籤，只是「單純地無法不愛」而已。對這兩段單戀的回憶，作者並不以「同性戀」名之，它姑且可以稱之為一種強化版的姐妹情誼，夾雜著對某種形象的愛慕，並隱身在其他類近的同性交好之中，依稀可辨，但無以名之。然而，青春迷惘之際，「同性戀」的框架，已在某種正典性的汙名中，悄然成形，規訓著作者的感情和感受。正是在這個異性戀正典的規制下，「同性戀」將女孩們區分為不同的種類，或是墮入愛女生的不正常輪迴裡，或是矯正回歸愛男生的禮教束縛之中。本來純潔、真摯的情感和友誼，就這麼被視為洪水猛獸；本無隔閡的朋友被迫分類，要不被正常磨損，要不就被不正常恐嚇，直到長大。

　　童慶的出現，使得原來青春純潔的敘事，有了不一樣的轉折。童慶還是符合帥氣形象的女孩，但和陸子儀與鍾敏嘉不同的是，她是情欲的主體，帶領作者從「哥們」的關係跨越進同志的情欲世界。更重要的是，自童慶起，作者的愛欲對象有了更明確的定義：就是所謂的T。這一改變看似漸進而微小，卻極為關鍵，因為自此，原來懵懂、朦朧的感情提升為「愛情」，同時童慶T的身分則成為曖昧的掩護與偽裝，一方面以類近異性戀的方式，遮蔽女女相愛的事實，另一方面，也用「女生長大總會嫁人，我不要阻礙她的幸福」這個說法，來暗示同性之愛只是過渡，是一種沒有未來或不需未來的愛情。但這樣的情況對作者卻形成了自我理解與認同的難題：因為童慶的所作所為就像

❺ 關於這樣的質疑以及雙性戀的認同困擾，見「拜坊——看見臺灣雙性戀（Bi the Way）」網站上的文章：http://bitheway.pixnet.net/blog。拜坊是臺灣首個公開的雙性戀團體，成立於二〇〇七年。亦見《人本教育札記》，〈雙性戀女生的告白：世上不只一男一女一夫一妻〉（2017/02/09）：https://womany.net/read/article/12813。

❻ 雖然無法在此充分展開，但是作者所呈現的「婆」的觀點或許是個值得考察的問題。白瑞梅就指出，「婆的情欲本身不容易定義，也不像T認同那樣有著明顯的跨性別標記。」雖然在書中，作者並沒有明確地以婆的身分出現，整本書是可以被讀成是「婆」的證言。關於「婆」的辯證性與理論意義，見白瑞梅著，葉德宣、陳采瑛譯，〈陳雪的反寫實、反含蓄〉，收錄於劉人鵬、白瑞梅與丁乃非編，《罔兩問景：酷兒閱讀攻略》，頁四五至六六。

是一個「男朋友」，但她不是男人，即令她「樣樣都像男孩，可我騙不了我自己，她是女孩，但我只能說她是我的男朋友」。這個充滿矛盾的表述，與其說指向了T的曖昧性，不如說表達了作者不知如何理解自己既喜歡女孩又欲望男孩的兩難之境，以及社會語境中沒有表達她真實經驗的話語，即朱迪斯・巴特勒（Judith Butler）在開頭引文所說的「召喚的誤認」。[7] 在這裡，女孩與男孩代表的不只是生理性別，更是社會位置以及附身於這些位置上的文化意義（例如照顧者的身分，情欲的主動者等等）。

對作者的生命軌跡而言，童慶的存在具有多重的意義：她一方面舖墊了一個關於階級與（家庭）創傷的敘事，另一方面她提供了同志情欲的典型（所謂的T婆關係），但同時這樣的關係對作者這樣的拉子而言，又是不足夠的，也就是說，一方面僅憑愛情不足以克服階級與自我想像的差異，另一方面創傷的同情與家人般的感情也不足以支持和滋養愛情。作者與童慶的同志之愛或許可以受到家庭「含蓄寬容」的庇護（家人對她倆在一起的事實祕而不宣），只要這樣的「偽裝」能夠讓家庭與剛起步的事業繼續運作；童慶的女兒之身也可以讓作者感覺自己終於「交了女朋友」，可以肯定自己的「拉子」身分，讓自己的女同志書寫不再只是幻想；但是，不僅童慶認為，「這樣努力想『進入女同志』世界的人……很奇怪」，作者本身亦對自己的雙性戀傾向更加困惑。易言之，「交了女朋友」並不意味作者就是同志，「成為拉子」反而可能是一種自以為是的政治正確，藉以否認雙性戀的偽裝。

對作者而言，生命是多重的偽裝：在情欲上，以拉子的身分掩蓋或置換對異性的欲望；在情感上，以激越熱切的愛情來修補生命的創痛；在生活上，則以「正常人」的生活壓抑創作的欲望。「偽裝」——即接受正典生活之規訓並將逃逸視為追求——是作者面對現實壓迫的求生術，彷彿自己與他人並無不同。然而，正是偽裝成為生命中最不可負荷之輕，並且為作者埋下了分裂崩毀的引信。誠如作者自道：「我

❼ 需要強調的是，巴特勒認為，召喚不只會「誤認」（misrecognition），召喚本身不區分對象的性格，使得誤認也是有效的，因為你被迫回應是與不是，而產生了對自己的質疑。對誤認的體認，其實就是莎拉・艾哈邁德（Sara Ahmed）所謂的「異樣感受」（alien affect）。在《像我這樣的一個拉子》裡，所謂「同志」亦是一種認同的召喚，但與其說「同志」給了作者一個情欲或政治身分，不如說它亦是一種誤認，使作者感到異樣，懷疑自己身為同志的質量以及做為同志的意義。

想追求的，除了愛情，更想要脫離長女的包袱，卸下扛負家庭責任的重擔，成為一個專業小說家的生活。」因此，儘管童慶對她照顧有加，她們的感情也可以在家庭的含蓄寬容中不受干擾，作者反而更加感到家庭的束縛與情感的崩壞，而數度出軌（格雷、June、小魚、木先生等），尋找生命的出路。自我與家庭的掙扎，折射了作者試圖掩蓋與逃避的家庭創傷（父母因債務而離婚、流離動盪的生活、人性黑暗角落裡的瘋狂與傷害），同時反映了作者想要成為專業作家的自我期許。為了自由與一方寫作的窗櫺——為了讓陳雅玲變成「陳雪」——作者必須離開臺中和童慶，告別家庭和偽裝的生活。

然而，掙脫偽裝並不容易，除了需要經濟的獨立外，更需要深層的自我探索。在這裡，作者一段又一段的失序戀情不只是對拉子身分的確認，更是對自我的深度挖掘。比方說，與格雷的戀情迅如閃電，但災難迭傳，其本質與其說是愛，更像是想要逃離偽裝生活，或是對「可以寫作的世界」的嚮往；與 June 和小魚的兩段，看似安穩平靜，因為「陳雪的身分」已有較為堅實的基礎；與小樹的關係最為暴烈，因為兩人都渴望被照顧，但同時又想在同性關係中重新定位自己的角色——小樹努力裝扮為如強者般的 T，而作者則試圖扮演照顧者的角色——但勉強的裝扮無法遮掩內在的匱乏與需要。如作者所說，「打破舊有的道德秩序，建立出新的規則……談更理性、更自由的戀愛，這樣的努力是對的，但過程卻未必都有能力承受。」

在這裡，作者的幾段異性戀，雖然所占篇幅不多，但卻是重要的參照：阿飛和大白，和童慶一樣，都是引領作者體嘗情欲的引導者。做為情人，他們的角色更多是飽受創痛與風霜的照顧者，並在情欲的開發下加深作者對女女情愛的欲望；異性愛欲愈是激烈，同性欲望愈是強烈，彷彿性愛是追求接納與歸宿的表達，異性之性終將通往同性之愛。唯有木先生，作者願意交付終生，因為他能提供「無比的安全感」，但木先生有負所託，只能萍水一聚，無法相伴一生，穩定安全

的異性戀情只能無疾而終。

　　或許作者並非有意，但在這樣的對照當中，讀者不難發現，所謂同性戀和異性戀並非是絕對差異、恆常穩定的情愛結構；兩者之間其實有許多疊合與類近之處；對雙性戀來說，同性戀或異性戀與其說是命定和偏好，不如說是偶然與選擇，更是學習情欲與追求人生的偶合。恰恰是這個觀點突出了偽裝與罔兩的命題，做為影外微陰，雙性戀受限於異性與同性的情愛結構，但又顛覆了這兩個結構，乃至為重構情愛想像提出關鍵的質疑：同性戀可能也是一種自我的偽裝與逸離。如作者在提及小樹時說，「我們都是局外人，只是因著愛欲的緣故喜歡上同性，沒有細想過愛男愛女到底差別何在，甚至可以說，我當時交往過的幾人，都是很陽剛的Ｔ，與他們在一起，我並不太意識到他們是女孩，我也沒特別用不同的方式對待他們。」這種擱置了男女差別的純欲望觀點，鬆動了異性戀與同性戀對立相生的情愛結構，從而打開了更為自由、更為流動的愛欲與認同想像，並指向感覺真實的重要。或許掙脫偽裝的可能，不在於視某一認同為真，並將另一認同斥之為假，而在於體會與理解兩者之間的流動與變易是正常而自然的；真正的虛假是刻意地將其中一種欲望凝固化、絕對化，使之能夠安穩地服膺且服務於社會的分類統治。

　　因此，「像我這樣的」一個拉子這個標題，絕不是為了突出作者獨特的個人生命，而是要對這個流動的歷史與狀態做一真誠的呈現，現身說法，以回憶證言，因為「生命對我們來說就是一連串『偽裝』的過程，不是為了偽裝而偽裝，而是真正的自己無法順暢地表達，身邊親近的人總是無法知道我們到底在說些什麼，文學是個空泛的字眼，其內涵就是我們整個破碎而混亂的生命總和」。同性戀或異性戀最終只是詮釋的框架與認同的召喚，而非生命的真相與全貌。

在憂鬱與幸福之間：論寫作

　　如果說本書標題的一個指向是雙性戀，那麼另一個指向就是寫作，尤其是寫作之於困頓人生的意義。憂鬱是作者人生最大的困頓：格雷、小樹都有憂鬱症，作者與她們的關係也讓她陷入憂鬱的深谷，並開始了許多年的治療；然而，作者試圖不以病理的方式來理解憂鬱，而是將之視為一種必須與之共存、和諧共生的狀態；關鍵是離開令你不快的環境，而不是吃下一包又一包的神奇藥物。而寫作便是離開憂鬱，與之共存的方法，既要藉寫作擺脫令人不快的生活處境，又要藉寫作進入、理解，乃至消化憂鬱。寫作，於是擁有兩重獨特又交疊的意義：療癒創傷與書寫生命。因為寫作總是指向自我，只有自我才能讓自己從憂鬱的深谷裡走出來，才能在困頓的人生中找到真正的依恃和擁有。因此，對於作者來說，能寫作是幸福的，儘管書寫的內容往往是不堪的，但是再怎麼不堪的人生還是自己的，也只有自己得以改變人生的不堪。能寫作的人，因此也是幸福的。

　　這樣有點纏繞的表述不過是想闡明一個話題，那就是寫作亦是一種生命技術與階級優勢。[8] 這其實是隱含於作者這本記憶書信之中的核心命題。陳雪脫胎於陳雅玲，但陳雪不再只是陳雅玲，這個演化的動力和技術就是寫作，以及文學所承諾的生活、洞見和世界（如June所代表的）。是文學給予了作者演化的養分，並賦予她化蝶的可能。在文字中，作者如蝶飛舞，穿梭在記憶之間，翩翩撫慰著自己曾被烈火燒燼的印記。寫作的自我控制與鍛鍊，於是也給予了作者新的生命，重新肯認「像我這樣的一個拉子」的意義與價值。相對而言，儘管刻骨銘心，童慶、格雷、小樹、木先生等人只能隱沒在憂鬱的情緒與「正常的」人生裡，儘管他們很可能也有「像他們那樣的」人生要敘說、書寫以及等待和解。

　　那麼，如果情情愛愛只是惘惘人生必經的飛蛾撲火，目的是鍛鍊與養育自我，那麼憂鬱與幸福可能也就是一線之間的疊影，提醒我們

❽ 這個評價，有一部分來自於想為童慶等人抱不平的感受，因為作者之所以在這些關係中無法前進，有一部分——即令不是最重要的部分——恰恰是階級問題，亦即如何想像人生的問題。我想說的是，同志運動似乎預設了一個都會中產的階級位置，從而屏蔽掉對階級的討論。儘管陳雪勇於坦誠愛戀當中的階級面向，並對這些愛人投以溫柔感恩的眼光，但她的離去最終象徵的是同志對都會中產階級位置的肯定，即令都會中產如小樹會惡意朗讀《蒙馬特遺書》的段落來威脅與勒索愛人。

愛與不愛不過是一個擺盪成長的過程，重點不是愛了誰又忘了誰，而是我們是否學會了愛人的能力，學會溫柔與平靜的力量，以及承擔幸福的勇氣。如作者說的，「那份能力在於知道如何付出，如何在愛情裡獨立，如何不將對方視為自己的所有物，在於知道無論現在多麼相愛，當分離到來時，也不能有恨。」在某個意義上，這類戀愛寶典的箴言，或許比雙性戀的政治意義更為重要，因為它提醒我們因何而愛，為何而寫。

在烈日當空又烏雲罩頂的「寶島」生活，我們比任何時候、任何地方的人，都更需要學會與憂鬱相處：既不輕言放棄幸福的希望，也不被幸福的微光所迷惑，而是誠誠懇懇地面對自己，熱切地擁抱人之為人的任何可能，也堅決地抵抗所有非人的生活。一如「親愛的」給裸身小樹的那個擁抱──定靜、溫暖而堅決，那也該是人所當追求的質素，在顛躓，困頓與暴烈的人生中，緊守一方的安靜，不論寫作或是閱讀，或許即是幸福。

《摩天大樓》
或，現代殺人機器

◉辜炳達

我想用文字蓋一座真正的塔，這塔是有建築工法的，我一直想如何用
小說情節去建構，蓋出當下的臺北。——陳雪

辜炳達

臺南人，倫敦大學學院
英國文學博士，臺北科
技大學應用文系助理教
授。目前延續博士論文
《日常微奇觀：尤利西斯
與流行》的文化考古路
線，挖掘資本主義社會
中現代文學與流行文化
和視覺科技之間的共謀
關係。因翻譯《西夏旅
館》獲二〇一七年英國筆
會第二屆PEN Presents
翻譯獎。

　　《西夏旅館》、《寶島大旅社》與《摩天大樓》彷彿串連成臺灣當代
小說的**建築書寫系譜**，將不斷流動的城市景觀封存進文字標本之中，
等待未來人千百年後從廢墟中再次挖掘出第三個千禧年破曉之際的文
明**印跡化石**（ichnofossils）。

圓形公寓／獄

　　在文字尚未展開的敘事零度，書衣上那座如**邊沁圓形監獄**（Bentham's
Panopticon）般的高聳**龐特塔**（Ponte Tower）已暗示了《摩天大樓》的
賦格變奏：妄想，監視，罪與罰。或許我們不禁追問：希望「每個人
都能得到最大幸福」的邊沁（Jeremy Bentham）怎麼會建築出一座只
存在於想像之中的完美監獄？事實上，邊沁是一位超越時代的恐怖實
境秀編劇。在他的理想藍圖中，圓形監獄三百六十度無死角強力放送
的虛擬酷刑奇觀（換言之，噴血斷肢皆為舞臺特效）能夠預防犯罪，
建立上帝所應許的和諧秩序；蜂巢牢房中妄想遭監視的罪犯則自我規
訓，因此兩三名獄卒便能輕鬆管控整座龐大監獄。於是乎，獄卒、罪
犯與公民都獲得了**最大幸福**。邊沁生前未能實現的圓形監獄，卻在兩
個世紀之後以摩天集合住宅（tower block）的現代巴別塔姿態華麗現
身：「這座位於南非約翰尼斯堡的龐特城城市公寓，又名龐特塔，高

一百七十三公尺，共五十四層樓，曾是非洲最高的住宅大樓，位於市中心最繁華的地段。」短暫絢麗過後，現代巴別塔依舊難逃傾頹的詛咒。這次上帝並未降災，而是種族隔離強弩之末，殖民城市的中心與邊陲逐漸交疊，被殖民者重新湧入這座本應屬於他們的伊甸園。各種振興計畫曾試圖扭轉龐特塔的衰敗，但資本金流（或者說，主宰**新自由主義**世界的神）已大江東去，一切終歸徒勞。在某個絕望時刻，有人提起了邊沁的狂想：「何不把龐特塔改建成圓形監獄（反正已經很像了）？」最後這項提議並未被採納，而成為權力真空之地的龐特塔卻生命力迸發：「大樓每個轉角、每一個樓層，生機蓬勃，無論完工與否，即使磚牆裸露，玻璃殘破，大樓仍在生長，未完結。」龐特塔僵硬冷峻的現代幾何至此鬆動成永恆的動態巴洛克。

龐特塔（以及大衛塔）的流變**印跡**揭櫫了現代建築的生命週期：資本泡沫膨脹，建商競相在都心圈圈地，由國際名建築師掛名操刀，強勢推出預售案 → 竹林般的細瘦高樓拔地而起，地下莖（rhizome）錯綜相連，投資客「捧著現金排隊下訂」，房價泡沫吹彈可破 → 集合摩天住宅落成，住戶風光入厝，但闇夜中一格格幽冷無光的方窗已透露經濟危機 → 資本泡沫破裂，房價雪崩，賣壓下不願認賠脫手者只好出租套房平衡財務，短租房客湧入後大樓日趨龍蛇混雜 → 各路房客間錯綜的金錢情欲糾葛觸發殺機，大樓身價直墜地獄，政商名流遷離，淪為法律域外的城中之城（inner city）。上述墮落螺旋可以化約為如下三段式：

烏托邦（utopia）→ 異托邦（heterotopia）→ 敵托邦（dystopia）

這正是陳雪為何以座落於非洲和南美洲的兩棟摩天大樓做為敘事起點的原因：在晚期資本主義的全球化體系中，**後殖民**城市的面貌和半衰期趨於同一。七〇年代中期登場的約翰尼斯堡龐特塔早已預演

二十一世紀新北天空之城的「洋娃娃命案」。

居（ㄕㄚ）住（ㄉㄨㄟˋ）機器

　　乍看之下，「洋娃娃命案」這個腥羶色的新聞標題所傳遞的訊息是：遇害的咖啡店長鍾美寶擁有芭比的精緻身材五官。但它還暗示著另一個令人戰慄的可能：美寶宛若玩偶屋中的魁儡，任憑兇手褻玩她的屍體，替她梳妝打扮，甚至操控她的命運。讀者不禁追問：摩天大樓不是門禁森嚴，層層監控？為何美寶會慘死在自己的小套房中？美寶輾轉遠離童年夢魘裡那個「中部靠海的小村莊」，最後將自己隱沒在「適合消失與躲藏」的城市之中。何以到頭來殺死美寶的，不是她原生的小漁村，而是「會吃人」的大樓？

　　綜觀十九世紀以降的現代推理小說演化史，**城市**與謀殺彷彿一對孿生母題。被譽為現代偵探小說先鋒的波士頓人艾德格‧艾倫‧坡，正是在短暫旅居紐約時醞釀出數部傑作；神探福爾摩斯的事務所亦座落於超級大都會倫敦的貝克街221B，而他的好搭檔華生則說，「倫敦是大英帝國底下所有廢材和人渣匯集的地方。」現代都市的形成始於工業革命；資本和勞力密集產業如強力磁鐵般將鄉村人口往城市中心牽引，導致人類社會的結構從宗族聚落崩解成勞資鏈結，而此一劇變成為犯罪事件激增的溫床。古早時代村民彼此熟識，兇手無處可躲，謀殺事件亦無商業價值，頂多變成村民的閒聊話梗。相對的，現代都市中游離的大眾皆面貌模糊，身世不明，兇手混跡街頭亦難以辨識；此外，**景觀社會**逐漸成形，躍升為新興產業的八卦報社驚覺謀殺案（假）新聞是超級印鈔機，於是極力消費每一樁謀殺案（小報老闆簡直愛死了開膛手傑克）。在八卦小報煽動之下，理盲又濫情的大眾總是將怒氣宣洩在辦案不力的警方頭上；為了維持城市秩序，警方不得不發展出新的鑑識科學來輔助破案。

　　偵探小說在十九世紀的華麗現身，正好滿足了城市居民對正義與

秩序的渴望：深諳科學的福爾摩斯彷彿擁有上帝之眼，總能將支離破碎的雜訊過濾重組成線性明晰的敘事，讓隱藏在暗處的罪犯無所遁形。《摩天大樓》在主題上承繼〈血字研究〉以降推理小說的城市與謀殺，讀者卻驚覺故事裡竟然找不到任何一位洞察全局的偵探。相反的，敘事結構如萬花筒中的碎形般不斷鏡射繁殖。大樓住戶的證詞互相矛盾，隨著情節推展，敘事並未直搗大樓的祕密核心，揭露美寶小套房如何變成殺人密室，而是逐漸向邊陲空間擴散，談起周邊便利商店中失意文青店員的煩惱；小說的最後一部更是隨著月分遞嬗，反高潮地將敘事鏡頭柔焦淡出。儘管本格派推理迷恐怕會對此惱怒，《摩天大樓》做為一部反推理的偽偵探小說，或許正是要擊碎神探將在罪惡世界中尋回正義和秩序的美麗糖衣：神探並不存在，惡人亦不會得到制裁。

假如神探這種文學虛構是為了滿足萬惡城市中讀者對正義的期待，那麼現代摩天大樓的出現，則是為了安撫城市居民無處可住的焦慮。隨著人口暴增，城市治理者面臨各項接踵而至的問題：住宅短缺、罪犯流竄、街友滿溢。於是，新型態的都市規畫大量設置集合住宅、監獄和療養院等機構，再把城市中的人口分門別類往裡送。如同推理小說一樣，科學化的人口管理方式勾勒出光明理性的城市藍圖，每種人都會去到專屬於他的空間。然而，在完美的表象之下，這三種貌似截然不同的建築其實有著同樣的邏輯：以最小空間容納最多人口，管控與監視為最高指導原則。因此，當吳明月抱怨「不能出門跟坐牢有什麼不同」，或當黃浩武說出「這城市，真能把人逼出躁鬱症」，他們無意間點破了大樓公寓在本質上和一座巨大的**監獄**或**精神病院**並無差別（除了要花錢買）。小說中外表光鮮體面的大樓住戶恐怕都會被佛洛伊德貼上標籤：鍾美寶性成癮，吳明月懼曠症，林大森戀屍癖，林夢宇戀物癖，大黑偷窺狂。不過在指責他們**不正常**之前，讀者們可能要先自問「我正常嗎？」或者「何謂正常？」事實上，佛洛伊德已在《文明及其不滿》警告我們：現代文明規訓下被壓抑的無意識欲望遲

早會轉化成某種病徵復返。

在佛洛伊德晚年，摩天大樓競賽已展開（紐約帝國大廈一九三一年竣工），不過真正將巨大建築量體引入住宅的標誌性事件，還是一九五二年至一九六〇年間柯比意（Le Corbusier）在歐洲各大城建造的一系列**理想居住單元**。其中最著名的馬賽公寓（Unité d'habitation Marseille）被譽為「構畫且真正實現了『現代公寓』」。柯比意期待這些住宅單元——他稱之為**居住機器**（une machine à habiter）——紓解居住困境並創造最大幸福。然而，現代與機器暗示著與傳統和自然的決裂：柯比意彷彿憑空而生的混凝土巨構往往無視周遭的自然環境和歷史地景。經過柯比意居住單元的概念催化，摩天公寓的水平面積和垂直高度迅速失控膨脹，某種浮誇炫耀的暴君意志似乎已凌駕真實的居住需求——一九七五年完工的龐特塔即是證明。與其說是居住機器，這些龐然大物更像是**殺戮機器**，以各種方式奪取住戶生命：火災、電梯事故、倒塌、空調失靈、墜樓、密室謀殺，應有盡有。除了致命事故，摩天大樓也潛移默化住戶的行為和心理結構：「內在與外在的衝突會在性格裡呈現一種奇怪的扭曲。」

在陳雪之前，英國小說家巴拉德（J. G. Ballard）也曾以倫敦金絲雀碼頭（Canary Wharf）為背景寫了一本同樣名為《摩天大樓》（*High Rise*）的敵托邦小說。巴拉德的摩天公寓承襲了柯比意理想居住單元的規畫，從社區學校到購物中心無所不包。住戶繭居於自給自足的大樓社區，終至和外界斷絕聯繫；而基督教式的天堂——人間——地獄垂直空間結構也異化了住戶階級：高樓層住戶萌生優越感，視低樓層住戶為賤民。相較於陳雪貼近真實的敘事，巴拉德創造出一個更概念化的世界——大樓設計師儼然是支配一切的造物之神，大樓住戶也彷彿因為樓層區隔而演化成不同物種——但兩部小說無論在具體細節上（大樓的空間配置，垂直高度），或是敘事結構上（為逃避創傷經驗而入住城市公寓）皆有諸多相似之處。兩本小說以不同的故事變奏了

摩天大樓原初的象徵意義：巴別塔讓完美語言裂成碎片，認知的整體性亦隨之消逝。大樓公寓中的住戶被不連貫的蜂巢空間切割成多種人格，在不同的場所和群眾之中，可能會顯現出截然不同的行為模式：阿布咖啡櫃檯後的美寶宛如純潔天使，C棟28樓小套房中的美寶則放蕩如惡魔之女。

迷宮中的流浪偵探

讓我們再次回到《摩天大樓》的敘事起點。在龐特塔與大衛之塔之後現身的第一位血肉之軀──或者說，傳統定義下的小說人物──是大樓管理員謝保羅。王德威在〈惡魔的女兒之死〉一文中如是說：「保羅是小說中的善人。⋯⋯他讓美寶的死有了淡淡宗教寓言的意義。畢竟，《聖經》中的保羅是耶穌最親近的使徒之一。」保羅自己亦說，「我就像最有耐性的神父，聆聽她的告解。」但在聖經典故之外，謝保羅這個古怪的姓名組合依然引人聯想。聯想之一是個輕盈的玩笑：保羅最後隱居臺南開了自己的麵包店，臺南恰巧有**聖保羅**連鎖烘焙坊。（當然，另外一家來自法國的全球連鎖烘焙巨擘也叫做Paul。）聯想之二則直指**保羅·奧斯特**。陳雪筆下的謝保羅是一個典型的奧斯特主角：教養良好，宅心仁厚的中產階級菁英，卻在遭遇宿命性的創傷後自我放逐，幾近自虐地為他人的過錯贖罪，直至拋棄一切曾經擁有的俗世光環，成為一條裸命。保羅說，「我以前殺過人，以後可能也還會再殺，認識我的女人都死了。」然而，那些女人之死其實錯不在他，他宗教殉難式的贖罪亦是另一種精神上的偏執。

《紐約三部曲》首部曲〈玻璃之城〉中曾經的文壇新星昆恩亦在妻兒罹難後自我封閉，以假名寫作俗濫推理小說消磨餘生，直到某天接到一通指名「私家偵探保羅·奧斯特」的唐突電話。他決定冒充這位神祕的保羅·奧斯特接下客戶委託，在紐約市的巷道裡跟蹤一名剛出獄，妄想在紐約蓋**巴別塔**的瘋狂神學家。就像美寶預感惡魔繼父顏

永原將會登門獵殺自己（「前幾天，我好像在咖啡店外頭看見我繼父了」），昆恩的客戶彼得深信父親──也就是瘋狂神學家──將會找上門來，徹底毀滅自己童年時早已被他凌虐的精神與肉體。於是昆恩便在紐約的迷宮空間（如同陳雪的雙和城）焦躁地跟蹤彼得的瘋狂父親，從他的移動路線中誤讀出各種字母組合，直到一點一滴失去自己的身分，成為紐約街頭的無名流浪者。〈玻璃之城〉再一次彰顯偵探與城市的共生關係：偵探就是波特萊爾筆下的漫遊者（flâneur）──其實翻成流浪漢亦無不可──就是迷戀資本主義城市景觀卻又格格不入的旁觀者。冒充偵探而淪為街友的昆恩曝露出兩種身分的相似性：福爾摩斯是個城市邊緣人，既無學位文憑，亦無穩定工作，甚至還是一條毒蟲。（艾德格・艾倫・坡筆下的偵探始祖杜龐也是個酒鬼。）依循此脈絡，大樓管理員謝保羅（自我放逐者）和李東林（青年廢材）正是《摩天大樓》中完美的偵探人選：擁有偵探之眼（private eye）的兩人被大樓包含在外，游走於大樓免疫系統中（空調管線，密道，電梯，防火甬道），卻又無權進入大樓的細胞核心（住戶房間）。保羅對美寶之死所需承擔的唯一責任，便是他逾越了偵探旁觀者的身分，讓自己捲入了事件的漩渦。

當李東林目擊命案現場，熱衷歐美犯罪推理影集的他立刻察覺新北市警察亂無章法，尚未建立現代科學辦案程序：「我很擔心，我們雙和市警局到底有沒有所謂的鑑識科學這部分。」透過李東林焦慮的偵探之眼，細心的讀者或許會意識到《摩天大樓》在形式與內容上的另一層戲謔：儘管創造了一部形式上的謀殺推理小說，陳雪似乎無意複製福爾摩斯以降象徵現代工具理性的冷硬派縝密推理，而是諧擬了臺灣警察從白色恐怖時期以來的前現代自白書至上主義──小說核心的第二與第三部即是由自白與獨白構成的蒙太奇，最後真相依然曖昧不明：就算「經過半個月的訊問，顏永原突然坦承犯行，警方終於得到他的自白」，這份「在意識不清楚的狀態下取得」的自白書既無法律

效力，亦不見得真實。

　　然而，臺灣介於現代與前現代的混沌異托邦狀態，卻反而可能是條弔詭的逃逸路線。烏托邦和敵托邦其實是啟蒙理性的一體兩面，是善惡二元論投射在社會體系的兩種極端光譜。《摩天大樓》中顏永原的惡似乎無中生有，謝保羅的善亦彷彿從憑空而生。小說尾聲，李東林提出一連串叩問：「顏永原這個男人，到底是因為愛，或者因為邪惡，而殺害美寶，這是個難解的謎。這樣的惡人心中是否有愛？他對美寶的執念算是一種愛意嗎？」愛與邪惡兩種彼此悖反的人性似乎已超越推理敘事所能闡釋的極限；觀察與推理是偵探的唯一信仰，但量子力學的雙縫實驗已告訴我們真相無法觀測：單一光子可以同時穿越兩條狹縫，既在此也在彼，既是光亦是波。假如構成宇宙的微觀粒子擁有雙重性，那麼人性的運作是否也延續著相同的物理法則？善惡是否並非出於自由意志的二元選擇，而只是由隨機跳躍的量子所組成的亂數？無論圓形監獄的監視或摩天大樓的隱藏攝影機如何趨近全知，它們捕捉到的都只是一張嘲諷凝視之眼的鬼臉（或頑皮的光子）。

　　《摩天大樓》的碎形結構和推理缺席，或許正是陳雪對上帝扮演遊戲的抗拒。傳統推理小說中，神探彷彿上帝的代理人，讓狡猾的惡人現出原形。但讀者往往被瞠目結舌的推理炫技迷惑，而遺忘一個核心的問題：驅使神探破案的動機是什麼？福爾摩斯曾給過一個令人皺眉的答案：「生活太無聊，需要一些樂子。」事實上，他的死對頭莫里亞蒂教授之所以不斷使壞，也是出自於一模一樣的理由。神探和犯罪天才看似站在善惡光譜的兩個極端，動機卻如出一轍：解悶與炫耀。對於極端理性的超級大腦來說，善和惡或許並無根本差別，正如同敵托邦往往只是烏托邦的變奏：科幻末日電影中，人工智慧不總是在縝密運算之後，得到毀滅人類才能拯救地球的結論嗎？相反的，《摩天大樓》中最似偵探的謝保羅最後終究不是偵探，因為他對美寶的愛凌駕了理性判斷：他並不在乎兇手之誰，他只是哀悼美寶的死，以及懺

悔自己犯下的罪，即使那輕如羽絨。

顏永原看到的美寶是惡魔的女兒，謝保羅眼中的她卻是救贖的天使。或許兩人皆看到了真實的美寶（正如同既在此也在彼的頑皮光子），或許他們看到了自己所想要看到的，又或許，他們選擇看到的便是他們的真實。《摩天大樓》將對真相的執念輕輕地放下。雖然美寶死了，但保羅得到了救贖，有懼曠症的明月搬去「有庭院，可以踏著泥土、種花植草的地方」，曾被美寶之死糾纏的人們或許也將離開大樓，繼續生活。

陳雪與 affect

◉楊凱麟

楊凱麟

臺北藝術大學藝術跨域所教授。研究當代法國哲學、美學與文學。著有《虛構集：哲學工作筆記》、《書寫與影像：法國思想，在地實踐》、《分裂分析福柯》、《分裂分析德勒茲》與《祖父的六抽小櫃》；譯有《消失的美學》、《德勒茲論傅柯》、《德勒茲，存有的喧囂》等。

　　陳雪的小說無情地追踪窮究 affect（情感）直到最細微不可見的恐怖之境。

　　小說於是成為 affect 的獺祭羅列，迷惑、引誘、繾綣、狂暴、憤恨、慈悲與殺戮，affect 的生物多樣性博物館、世界 affect 貯存庫或文學諾亞方舟……

　　affect 並非艱深或罕用的字，大約有「影響、感動、情感、動情與觸及」之義，但字面意義的定錨遠不足以理解陳雪的小說神髓，因為透過鍥而不捨的無盡書寫，陳雪所欲碰觸與全面啟動的是斯賓諾莎在《倫理學》中的同一問題，亦即「當身體由桎梏解放後，能做出什麼？」當然，對陳雪而言，必須再疊加與梭哈的是專屬於文學的賭注，但不管哲學或文學，對 affect 的設問都基進而充滿思辯的強度。

　　affect 無法由任何固定與恆久的狀態來解釋，如果陳雪的寫作離不開愛情，那麼只因為愛情從來不是一種已經固定的事物，不被拘禁或驅逐於我們所期待之處，也從不按時依約而來，而是各種異質因子讓人眼花撩亂措手不及的整體性動靜快慢。正是在此，愛情成為一個文學的問題，而陳雪總是試圖打破砂鍋問到底。因此有屬於她小說的癡情、殘忍、糾纏與絕決。

　　affect 涉及的是萬物的動態與流變，是由狀態一到狀態二的永恆運動與轉化，是強弱、動靜、快慢或高低的消長改變。不管是對於愛情、死亡、回憶、生命或書寫，在陳雪的小說裡都不再被視為一種事先被給予的已決客體，都無法被一勞永逸地固定，而是必須反過來，這些小說元素只根據所能承受的影響，所能改變的輻度與所轉向、偏

航與迴身的程度被創造性地重新敘述（斯賓諾莎說這叫作「行動力」[puissance d'agir]），而且這個永恆改變的旅程就是故事本身。因此，以強悍意志反覆書寫的「陳雪主題」並不是為了奠立不變的本質，相反的，正因為執意不改地固執書寫某物，而使其終於不再有不變的本質，即使某物＝愛情。在小說裡只有無窮「正在變化」，「變化ing」的活物，而且因為正在變化與還在變化，一切熟悉與已知正朝向陌異、未知，甚至朝向非我、瘋狂、死亡與崩潰，陳雪的小說不論長篇或短篇都使得讀者重新意識到自身的無知，但這並不是為了單純的獵奇或奇觀，因為陳雪的小說總是揭示著：「你還不懂愛情（或生命，或記憶，或死亡……）」，因此都成為具教育性質（以哲學之義）的「戀愛課」，只是柏拉圖在他的「學院」（Académie），亞里斯多德在他的「學園」（Lycée），斯多葛在他們的「柱廊」（Stoa），「教育者」陳雪在她一篇又一篇書寫而成的小說時空之中。在這個意義下，陳雪確切成為薩德的同行——薩德有他的「閨房」（Boudoir），陳雪則建造了她的「大樓」。

陳雪作品裡所隱匿的主角是「改變」，事物不再以既有的惰性狀態來認識，而是不斷由一個狀態到另一個狀態的動態生成，換言之，行動力的消長（affect）決定什麼是善惡好壞、快樂哀傷，決定著故事的誕生，勾勒角色的性格，催逼出一切情節與故事，不論生與死、愛與不愛都只因其變化的獨特動態而成為故事。動靜快慢的不斷改變，總之不可能停留僵死於原地，必須起身離開，必須逃，必須記住或遺忘，催逼到底甚至破底，因此不惜反叛於一切讓人窒息的道德與慣習，以字句鑿開孔隙，直到最恐怖駭人的瘋狂基底。小說裡一直書寫著各種愛情，或許正因為只有愛情才埋藏著這種破壞性的威力與行動力，能對一切既定的疆界摧枯拉朽，重新搖晃生命。這便是蟄居在陳雪小說中的真正「惡女」（或「惡女性」），每一次都由究極的小說行動力所觸及的叛逆與創造，其根源則在於對affect的窮究到底，小說家陳雪的

「倫理學」。

affect 涉及進行中的改變，是關於更大、更小，更強、更弱的問題提問（請注意，不是大、小、強、弱，而是更大、更小，更強、更弱）。換言之，這是一個關於差異，而且是進行中差異的問題。在這個意義下，陳雪的小說（如同斯賓諾莎的哲學）正試圖改變我們觀看與感受世界的方式：如果一切以 affect 來表達與重述，如果小說意味著以故事迫出人世的 affect，不只是關於 affect 的故事，而且不只是靜態的「關於悲傷的悲傷性、關於憂鬱的憂鬱性」，而是更基進的，故事本身即affect，除了表達 affect 沒有其他，由文字的猛推一把而更痛苦、更瘋魔、更甜蜜、更殘忍、更溫暖、更色情或更偏執，更這個更那個，總之改變不會停止也不該停止，包括書寫本身，一切都放進 affect 的問題中來考慮，這就是由陳雪所代表的臺灣當代小說。

如果 affect 可以被置入這樣的問題性中，如果文學曝顯了各種駭人的 affect，那麼我們就可以理解《何謂哲學？》中，德勒茲與瓜達希為什麼說：「偉大的小說家首先是發明未知或被輕忽 affect 的藝術家。」[1] 不管是小說、造型藝術、音樂、舞蹈或戲劇，當代作品就是「affects 的複合物」，是創造 affect 的各種「感覺團塊」（bloc de sensations）。[2]對於卡夫卡我們應該問：什麼是他小說裡的 affect？是一種將人流變為蟲，介於「人－狀態」與「蟲－狀態」之間不斷旋轉纏繞永不停止、由其中之一往另一變強或變弱的風格化德語書寫。對於陳雪，我們問：什麼是她小說的 affect？是一種將精神與肉身往邊界升壓的「情感競技」（affective athletics），並因此將臺灣當代的存有模式迫往文學的動態時空中。

透過小說，陳雪書寫愛情與各種人世的傷害，但她沒有臉孔，而且書寫正是為了抹除單一的臉孔（從《惡女書》迢迢寫到《字母會》），因為她所執意追隨的是 affect，變化 ing，這是書寫者唯一被辨視的「身分」。[3]

註腳

[1] Deleuze, Gilles et Félix Guattari(1991). *Quest-ce que la philosophie?*, Paris : Minuit, 165.

[2] Deleuze, Gilles et Félix Guattari(1991). *Quest-ce que la philosophie?*, Paris : Minuit, 154.

[3] 「會不會是因為可以造成這些磨損、偏差、歪斜，她才成了一個作家，她能夠無止盡地從已經『發生』了的時間裡一再盜走她想要的，重貼、改寫、複製，一再一再地，將已經『凍結』的『事實』，變成無數個『開放』『不確定』『可以更動』的『故事』。作品。是持續不斷變動的過程。此次的作品覆蓋著上一次，現在覆蓋了過去，過去改寫了曾經。不會停止，沒有確定。被寫下是為了等待改寫。生出一個作品，是為了修改作家本人，以致於可以創造出下一個作品，作品將作者打造成更接近他自己想要的模樣，以便生產出自己最渴望的作品。如此反覆、循環、沒有終止。」（字母O）

　　陳雪的 affect 首先隱身於巨細靡遺的各種記憶與遺忘之中，保險套的橡膠氣味、摩擦布料的聲音、透明溼潤的空氣、熱香四溢的浴室、飛濺到眼睛的汗水……，簡言之，「所有的感官都動員起來」（字母 E）以便能構成對 affect 的回想（réminiscence）。以古典與哲學意涵來說，學習就是記憶，重新取得跟靈魂的關聯，喚醒與甦活靈魂。只是在這個陳雪版本的記憶術裡，「靈魂裡封印著一頭瘋狂的尾獸，你總是在寫作的時刻，多多少少的，顫巍巍操作著絲線那樣，一點一點使用它的力量，讓它附著於你身，在限定時間裡，體會、感受或幾乎就是直接展演瘋狂、錯亂，進入深之又深的黑暗，唯有在寫作時間，進入小說的魂命時，你才會碰觸那頭獸，然而你總是隱隱地不安，這種等量、安全的微量釋放方式，會在某一天失控，然而到底會以什麼方式，因著何種原因、在哪樣的情況底下，尾獸會自體內竄出、翻轉、占據你，或者與你合一，你並不知情，可以想像的，大概就是所謂的『精神錯亂』。」（字母 L）書寫像是慢慢將體內的氣旋嘶嘶吐出，減壓或升壓，與必要的瘋狂進行不可能的交換與脫軌溝通，最終成為某種關於文學的「戀愛課」。

　　遺忘與記憶像頑固的銜尾蛇般在小說裡團團旋繞，永恆回歸，成為迷宮，迷宮裡躲著那頭噬人的獸，既被囚也自囚，而且瘋魔，絕對是「你看了會害怕的東西」（字母 J）。但透過小說，「這一天的遭遇一次一次倒帶重播」（字母 E），每一次倒帶都纏入與抹除更多記憶，都創造了時空的肉褶、廢墟、繁華與鬼域，那些不為人知曉的午後清晨與深夜，總是正在擴延與形變，正徐徐長成人形或消風成鬼物。但總是透過書寫無數次的倒帶再倒帶，快轉或慢播，或停格，嗅嗅迎面而來的氣味，端詳著極近距離下的這張或那張臉，發現或忽視洶湧而至的不同細節，因此更恐怖、更惶駭、更費解、更失憶與更愛戀。隨著時日的增長，陳雪透過人世間動靜快慢的極致表達，逐漸展現了對生命難得的慈悲與眷戀，「那些如海的文字終於撥動了時間刻度一格」

（字母O）。

　　這些萬千變化著的affect，主要來自簡單的二元構成：男人與女人，以及由此「二生三，三生萬物」的無限生機，似乎「一旦開始，就會衍生出更多細節」（字母K）。把一男一女，或二男一女，二女，三男二女，或二跨性別者（字母D）……填入小說的高能超導對撞機裡，讓它們被各種強弱力所牽引加速，以接近光速的無窮質量一次又一次的反覆撞擊，察看碰撞後碎裂瓦解的軌跡，一股腦擲入宇宙洪荒中粉身碎骨然後我們終於懂得了一點關於愛情的事，學到了一點愛情的（無）道理。小說裡那些男女是陳雪宇宙的基本粒子，路徑總是神祕無比無以猜測的天使粒子最終構成了小說的統一場論。

　　因為對affect的尾隨與窮究，陳雪的小說不輕易放過任何「物性變化」的徵兆與跡象，「人」不再一成不變地位居故事的中心，男人與女人往往不再是傳統的「能思的主體」，而是小說中的「顫動物質」（vibrant matter），各種感覺增減流動的「物性描述」構成文學的「新唯物論」，而愛情則因小說而被置入「思辨實在論」的視域中，微觀的日常生活成為陳雪小說的實驗劇場，在物的全景環繞下，父、母、我、各種男人與各種女人，總之，「那一組家人被各種方式反覆地搬演過」（字母K）。

　　《字母會》對陳雪讀者的重要性在於，陳雪小說裡的改變不再只是內容或情節上的，而且是在小說觀念上與讀者的直球對決，某種「後設陳雪」明確地在字母中出場，戀愛課最終同時也是某種小說課，「只能重複地愛，重複地寫」（字母O），陳雪的讀者從此被命定要扮演兩種角色，修兩種學分，想讀愛情故事得先接受當代小說的洗禮，想親炙臺灣文學的現況，請繞經愛情所擴增與變化的「affects複合物」。戀愛或無愛的人寫著小說，小說裡又有各種戀愛與無愛的人，像是電影《全面啟動》裡層層疊疊的故事圈套，直到最後寫愛情與寫小說變成同一回事，時間成謎，空間侵越，愈一頭鑽入愛情的故事迷宮就愈深

入當代小說（與哲學）的實驗道場。兩者都同樣瘋狂，但也都同樣從瘋狂中倖存下來。這兩門課成為讀者必修的學分，但請注意，教育者陳雪反覆地提及，「你可以靠著寫作幫助自己」（字母L），「寫作是遠離惡夢的方式，甚至比性愛更有效」（字母K）。

字母會正式啟動了「後設陳雪」的開始。這並不是說陳雪開始寫後設小說，而是陳雪開始鑿入自身小說的殘酷肌理，開始以小說曝顯自身小說的原力，窮究自身小說的「零地點」，揭露小說本身最基進衝突與無限擴張的「生命衝動」（élan vital）。陳雪在小說裡開始敘述小說如何成為「陳雪的小說」，小說成為「小說的生成學」。每一個字母都以其實驗性迫使陳雪重新摺返自身，像是打開了陳雪這臺「寫作機器」（字母L）背後的蓋板，在《字母會》裡看到深埋在這個著名小說家名字內核的各種核動力引擎、量子增壓模組與高能超導對撞機構。用陳雪在字母L更野性的比喻，我們終於看到她寫作所離不開的那頭生機勃勃的「尾獸」，寫小說的人必須從內在囚籠裡治理但也治理不來的動物性。

陳雪從不停留在男人與女人的簡單幾何中，在小說裡他們像是塞滿物性的感覺紊流相互擾動侵吞，一顆男人的扣子可以塞摺擠入女人的整個人生（字母P），女人鎖骨的痣裡轟然旋出眼盲男人輕佻浮亂的青春（字母B）。任一物都可以在小說中牽動一生一世的記憶，都成為欲與文學史著名的「馬德蓮」交換的神祕物件。因為這些被寫出來的人事物事實上「生長在一個肉眼不可見的時間裡」，如同普魯斯特的貢布雷。既極輕，呼一口氣便煙消雲散，攤展開來卻又「可以淹整個地球」（字母P）。

然而，唯一必須寫的正是那不可寫不能寫與寫不出來之物。必須寫下來以便記得，但必須被回憶的正是那不可回憶之人事物，書寫是為了重新記憶被遺忘之物，是對遺忘的記憶，甚至是為了對記憶的遺忘。「我執拗地深入記憶裡，企圖回憶出一切。」（字母E）這是「做為

寫作者的技術……正因為這件事的不可言說，難以啟齒，無法細數，無以正確記憶，自己才會成為一個小說家，因為無法書寫那件事，無法正確評估因那件事造成自己如何的損傷、或改變，無法清楚界定現實、虛構以及這兩者的互相穿刺。」（字母K），無法寫、不可能寫與寫不到位，不但沒有讓陳雪從此停止書寫，相反的，書寫就是寫作者唯一的本命，必須透過書寫那不可書寫者，回憶那不可回憶者，讓亡者復活，愛那不該愛，以便重返黑暗之心。

寫無可寫卻一逕寫著的陳雪意謂著「一個可以寫作的人」（字母S）是什麼意思？正是在此，在小說的無盡書寫中有著陳雪對人世生命最深沉的愛。

潘怡帆·【字母會的六種剖面】

從評論作品到近距離觀察字母會的小說家，潘怡帆的角色既融入
又旁觀，她以字母會討論參與者與一個先驅讀者的視角，寫出字
母會的時間軸與立體剖面，將於《字母LETTER》各期刊出》。

域外的詞條（Les mots du dehors）———

◉潘怡帆

潘怡帆

一九七八年生，高雄人。巴黎第十大學哲學博士。專業領域為法國當代哲學及文學理論，現為科技部人文社會科學研究中心博士後研究員。著有《論書寫：莫里斯·布朗肖思想中那不可言明的問題》、〈重複或差異的「寫作」：論郭松棻的〈寫作〉與〈論寫作〉〉等；譯有《論幸福》、《從卡夫卡到卡夫卡》。

看似眼熟的字詞，一個個凝著詭譎的笑，使小說家寫了又塗、塗了又放，再三反思卻仍猶豫不決不知該從哪個字落筆。沒有一個字再能被運用自如，沒有一個字還能被信賴，然而，面對文字如此全面入侵的局勢，《字母會》作家群裡唯一擁有的抗戰武器仍是「文字」。

《字母會》環繞著由A到Z構成的二十六個詞條離心運動著。關於系譜學、偶然、無人稱⋯⋯的慣常認識與理解通則在楊凱麟文字的梳理下一一卸甲，詞條如蝴蝶蛻變，幻化成與日常經驗毫無關聯甚至悖反之物，小說家被迫在無境中（nulle part）尋覓活途，在經驗中孕育非關經驗的小說事。

小說家勾勒的詞條不再能從詞典裡尋獲意涵，因為小說不複述人盡皆知的經驗，詞典裡的意義成為小說啟航遠去的出發點，書寫離開詞典設下的既定邊界，通過小說重新塑造了詞條的意涵。小說家以小說重編詞典，那是以百科全書的規模只為重建《字母會》裡的單一個詞條，一個內在蘊含著整個宇宙寬度的詞條。

梵谷以十一幅《向日葵》說明了向日葵，莫內兩百五十幅《睡蓮》裡的每一幅都折射出其他幅，正如《向日葵》裡的每一朵都曾出現在另一幅《向日葵》裡。他們百科全書式的創作擴增了睡蓮與向日葵的可能性，卻也同樣通過如此巨幅的數量說明了詞條被說盡或掏空的不可能性，如同高更在梵谷之後再次創造了新的向日葵品種，軒克維奇（Sienkiewicz）在莫內之後以語言添置了另一種類的睡蓮⋯⋯愈是表達，愈是感受到對象的不可表達。不可表達不同於沒有表達，而是必須親自縱身其中，以便切確地體驗表達的無法窮盡，最終導致詞條永恆地溢出於被完整揭示之域。詞條因而總處於手能搆到最遠之處的更

遠一吋，那能被隱約感知卻無法真正抵達的域外。

詞條的域外是對其核心的無法命名，是對尚未通盤理解之事的難以指名與仍有待明瞭，因而，此域外落座於最深處的內在，是最核心之境的無窮外翻。如此內在的域外源自詞條與通俗意義的脫節，用一篇小說談一個詞條，那必然使詞條長出腳、翅膀、機器眼、空耳、幻象……與更多它不曾顯露在外的器官，或者，小說正是它潛能的爆棚，是詞條真正的模樣，如同藏匿在素樸獼猴外表下的齊天大聖。小說一次次地凹摺詞條的內裡，構成詞條意義的核裂變與核融合，它是詞條可見／不可見的起源，每一篇小說的完成都使詞條再次反／返白。

小說家一方面以小說強化（反白）詞條意義，另一方面，小說也掏空一切尋常經驗，使詞條「返」回可被寫下內容的「白」紙，有待更多更新意義的填寫。如同卡夫卡曾在筆記裡通過「女人向外望」的單一句子凍結「窗」的完美意象，認為如此的畫面已窮盡且完滿了一切故事的可能性。把卡夫卡引薦入臺灣的郭松棻則認為「窗」是一切故事的起點，通過一扇窗，他在〈論寫作〉中掀起永恆不休的書寫土石流。一個句子或暴增近六萬字的中篇小說，這之間的距離說明了作品中的一個字可以攤展成數萬字，而數萬字同樣只為了說明作品中的一個字。卡夫卡的「窗」收攏了無限遐想，郭松棻的「窗」迎向世界地再度敞開，他們都以書寫「窗」構成有待填寫的白紙／空缺，啟動想像的無窮可能性。「以寫待寫」是書寫的「好客」（hospitalité），由是，書寫得以擴充，思想得以龐雜。這也是何以《字母會》需要至少六篇小說對同一個詞條的反覆塗改、修繕與重寫，一再更動意義的形狀與邊界，使詞條反／返白，重回不可知的域外。小說家因而總在書寫詞條的同時被推出詞條之外，成為最鄰近於詞條的永恆徘徊。

在《字母會》裡，詞條是有的，意義卻是未來的。因為界線，域外才構成問題，因為不自由，才衍生自由的雄辯。《字母會》的詞條是為了被打破而設立的邊界，唯有在毀壞邊界的同時，詞條的意義／

邊界問題才被著急地注意，換言之，它開始得到被理解的可能。這是
《字母會》作家群努力的核心，他們的書寫不是為了換取命名詞條的
權威，而是嘗試把詞條推向更遠邊境的可能性，誠如福婁拜所言：「語
言不及世界之富饒」，唯有透過小說對語言的分歧重塑，才能納入更
為寬廣的世界風景。

　　詞條與其說是書寫的拘束，毋寧更接近書寫自由的銳利化。它不
是漫無目的的自動書寫，而是一次又一次突破邊界，「劈破腦袋」的
書寫，它沒有牧歌式的興之所致，而更接近游牧的無所依恃。面對《字
母會》二月一次拋出的詞條，小說家面對的不是解放的歡愉，而是無
政府的恐怖主義。因為他們正遭遇往昔最熟悉、最親密、最信賴也把
玩到最順手武器的全面背叛：文字的安那其暴動。

　　因而楊凱麟寫了詞條的概念之後，又必須另寫一份關於此概念的
「備忘錄」或「使用手冊」，雙份同步地傳送給小說家。字母會聚會時，
他又會重新準備講稿，以第三種版本再說明同一個詞條。一旦開口說
話，講稿又會再次演繹出第四種差異版本。童偉格收到詞條之後，即
刻細胞分裂出第五種詞條版本，傳輸往陳雪。在童偉格的詞條分裂與
楊凱麟的詞條倍增之中，陳雪雙目重瞳交雜出三至四篇不同基因血統
的小說，此外還有不斷對調重拼小說與詞條的駱以軍、不斷在小說裡
挖地道逃往另一篇小說的顏忠賢、一再重寫的胡淑雯、一再修稿的童
偉格、同一時間被許多詞條與小說衝撞腦袋的黃崇凱、從小說裡再次
岔道的潘怡帆……無止盡更動的書寫都在推遲著詞條被確立的最終命
運，彷彿在那彌賽亞時刻真正到來之前，任何人都還能再以另一種版
本，介入詞條，介入《字母會》。

　　《字母會》裡沒有自由，不是因為被詞條拘束，而是詞條已是所
有書寫的域外。而唯一逃離的可能性，便是握起筆來，投入書寫運動，
加入這場正在啟動的文學革命。

童偉格·【晃晃書店講座收錄】

臺灣文學到底是什麼？我覺得這個問號非常豐
饒，我想了半天，也想不出有哪個文學場域是
這樣的特別，重複一樣的焦慮，重複百年之久。

字母D差異：從文學史叛逃

童偉格

地點：臺東晃晃書店

時間：2017.10.20　19:00~21:00

整理：邱彥瑜　編輯：吳芳碩

童偉格：

　　晃晃的素素，還有各位朋友，各位貓咪，衛城的小瑞總編，攝影大哥，現場各位朋友大家好。

　　我今天來非常重要的任務，就是幫各位朋友介紹解釋一下，字母會寫作計畫，還有執行成果到底怎麼一回事。其實有那麼一點點複雜。簡單說，這計畫是在二〇一二年的時候，由臺北藝術大學跨藝術領域研究所的楊凱麟教授，跟小說家駱以軍一起提出來。我記得非常清楚，二〇一二年六月四日，那天臺北淒風苦雨，剛好有個颱風在外圍，並沒有登陸。收到楊凱麟邀請，我們大家就冒雨參加，那個場地我現在還很有印象，因為太怪異了，在一個賓館的二樓，因為駱以軍那時剛寫完《西夏旅館》吧。我們就去了，從大廳走進去，走過一個長廊，對開非常多的房間，走上二樓上了露臺，上面是……大家有看過一種塑膠布嗎？藍白條紋，臺灣很常見的。雨一直打，我們就有一種坐在罐頭裡的感覺。好像已經預告字母會非常悲哀的背景，非常嘈雜，非常寒冷陰森。

　　楊凱麟是個非常認真的老師，像我們那樣私下聚會，他還是準備了講稿。他問大家有沒有覺得進到二十一世紀以後，臺灣各個領域都進入非常悶的狀態，讓大家不敢提出較為宏大的計畫，簡單來說叫作夢想的東西。當現實條件愈來愈貧困，我們的勇氣就會萎縮。那我們有沒有可能來一起做些事情？他算了一下，你看臺灣文學好像需要一個東西，叫作第三次爆炸。什麼是第三次爆炸？臺灣的現代文學，進入二十一世紀之前，經歷兩次高峰，第一次是六〇年代的現代主義，包括像王文興、白先勇，那一代現在都成為老師的人，他們是臺灣第一代可以在他們的高等教育時代，或中學時代，就開始接受比前行的世代更完整的西化教育，包括隨著美援進來的文化、文學等等。臺大外文系做為中繼轉接站，聚集較為年輕剛剛歸國的學者，聚集這些在臺灣長大受教育的第一代菁

英，那些人將當時，對西方而言已經有點時差的現代主義（因為其實現代主義二十世紀初就醞釀），對臺灣做一個相對而言較為延遲的介紹，但這個介紹有在地活化的成果，引起臺灣所謂現代文學的第一次大爆炸。

第二次爆炸在解嚴後，近九〇年代，所謂後現代主義的浪潮，包括現在大家會記得的，八〇年代很重要的旗手張大春、還有黃凡在各式各樣後現代小說的實驗。現在看來，臺灣八、九〇年代接觸到的後現代浪潮，其實是個誤讀的結果。按照西方的理論建構，後現代要發生在一種社會條件上，是所謂國際化，或發達資本主義，傳播非常快速，變成符碼到處亂竄，很快被另一個文化場域借走了，一切彷彿都沒有深度也沒有根，這種張力，這種四處流竄的互相影響其實是一種非常強烈的文化現象。表達在媒介上，會看到各式各樣媒介的混用，比如說八〇年代，有一種東西發明，叫作MTV，如果早幾代的人，我們的爺爺那一代，開電視看半小時MTV已經精神錯亂，怎麼所有沒道理的東西都剪在一起？所有的東西就是畫面與畫面，所有修辭就是加強再加強，整個洪流一樣沖刷的全部的符碼，但這是最能夠清楚形容這樣一個後現代主義浪潮的樣本。一切都在互相流竄，一切都在彼此激化，其實不太知道系譜上是什麼產生了什麼，都交織在一起，這是發達資本主義現象。八、九〇年代臺灣環境，其實還不到那樣的狀態。剛剛解嚴，剛剛在國際中轉換它的位子，後現代主義浪潮隨著文化產品進到臺灣後，被臺灣的創作者學走了，並且再一次就地活化，產生誤讀式的後現代主義。大家如果對學術有興趣，會看到當時有很多現代主義跟後現代主義的論證，即便那些論證我們看起來，還是不確定在臺灣真的發生過後現代主義嗎？或那真的就是一種誤讀？

但是楊凱麟提了很有趣的概念，我到現在都覺得很有創造性。他說像是六〇年代，現代主義的時差，我們已經慢了西方的文化場域至少四分之一個世紀，或是八、九〇年代對後現代主義誤讀式的挪用；不管時差或誤讀，其實都不會對我們自身的文化場域發生問題，不管是時差還是誤讀，我們這些在地的創作者會用自己能力將它就地活化，轉化成我們自己的東西。即便是最表層的技術上的借用，都能觸發我們尋索屬於自己的文學。而會產生問題，其實是連這種時差誤讀都不存在；我們對於所謂的「域外」，在我們之外的那些東西，已經沒有一個好奇的心情，探索意志消失，我們的文學場域才產生問題。也就是說，如果我們能夠保持這樣的好奇，時差式或誤讀式的借用，其實都必然

是一件很有建設性的事。

於是，所謂第三次爆炸是，我們有沒有可能重新激發像這樣的動能？意思是說，我們從外面借來點什麼吧，再次打開我們的好奇，把書寫實驗當成真正有力的提案，將當代發生的事，用我們自己的寫作還有論述實踐，將它引介到臺灣的文學場域，再一次激發可能有的動能，而這並不僅僅是為了滿足我們自己的需要，更多時候是將這一個提案的可能開放給未來。

像我一九七七年生，但六〇年代發生的事與後現代主義浪潮，其實對我也造成影響。如果這些嘗試、提案曾在文學史當中留下印記，對未來的人會是一個索引，知道這些東西發生過、被探討過，即便這些東西對當下文學場域沒有廣大作用，如果能在文學史中留下幾行，也許對未來的人有些意義。

幫大家總結一下，這個提案是這樣，第一個，希望開放一個可能，對於域外，平行於臺灣的正在發生的事、當代的浪潮，能夠保持一種好奇的心智與接納它的熱情。第二個是，所有要成就的是投向未來的提案，我們更希望在時間當中留下一個即便隱密也好的刻度，可以讓未來新世代的文學創作者，比我們更年輕的那些人，當他們需要找文學資源、文學元素的時候，他們不會覺得又一次地，在一片虛空中尋找自己的路。

到現在，五年過去了，楊凱麟問的有沒有可能，我的回答還是一樣，真是天曉得。不知道有沒有可能，但這問題一直在我心裡，我覺得這個問題非常迷人，就像楊凱麟所有讓你聽不懂的話一樣。

字母會計畫為什麼是從A到Z而不是ㄅㄆㄇㄈ？我覺得很好的回答是，設計者是楊凱麟，他學法國當代哲學啊。而這問題後面更重要的是，像剛剛講的那幾次爆炸，臺灣文學史自身的組成，最大動能永遠來自於外界，將當時正在形成風潮的文化或哲學上的概念引介進來。每一次內部最大論爭都是，把動能借進來之後，大家就非常惶恐地去尋找臺灣到底是什麼？如何界定臺灣文學是什麼？一次又一次從外面、海洋上面借進來的綠蠵龜，到了臺灣之後就非常緩慢爬沙灘，永遠抵達不了想像中應該要存在的，屬於臺灣最隱密的內在核心，那到底是什麼？所以一次一次的文學探索，都留下了一個問號：臺灣文學到底是什麼？但我覺得這個問號非常豐饒，我想了半天，也想不出有哪個文學場域是這樣的特別，重複一樣的焦慮，重複百年之久。這個島這樣小，但有個非常遙遠

的內心，是所有這些關注著它的包括我們大家，這些讀者、創作者，窮盡一生都沒辦法抵達進去。A到Z就是重複觸發這樣的動能，我真的不知道，它能不能夠深刻地翻轉這個在臺灣已經重複百年之久的模式，有一天能真正明白，屬於我們真正的豐饒就是我們是無數的邊境所造成的。

我們當時立志說沒人看也要寫，但沒想到真的會發生，二〇一五年十二月《短篇小說》不支倒地，我們從A寫到P，當時Q也已經完成了，乍逢噩耗，楊凱麟非常有義氣，他說沒關係，我請我的助理幫大家印，大家都拿到Q的影印本，看了非常想哭，A4的紙張，封面非常素樸，就有個大大的Q，看起來非常Q，雖然看起來非常悽涼悲傷，但其實，大家另外都還有事要做，要寫自己的東西，生了各式各樣的疾病，以並不華麗的方式邁向中年。當時大家始料未及，我們自己印了Q，也沒有稿費，但還是實踐下去。還約定就算沒有發表，沒有人看，我們還是要寫到Z，不能背棄這件事。我們就繼續走下去。

好不容易在二〇一七年九月二十日，一個月以前，終於看到 ABCDEF 出版，隨同出版還有駱以軍的臉（按：指特刊）。我自己拿到書的時候，真的就是被激起戀愛的狀態，我真的沒想到它就以這樣華麗的方式登場。突然這一切成真，厚厚重重來到我的面前。

用最謙虛的方式來說，我都仍然認為這是臺灣文學發生過最好的一個夢。在我們這個赤貧的時代裡，怎麼還會發生這種事？這一定有誤會。六〇年代現代主義有那麼龐大的美國資本，後現代主義有一個解嚴緊箍咒鬆開的反彈力，各個立場的人在初始的美好年頭，可以為了共同的抽象理想去奮鬥，都有社會文化背景。但你看所謂第三次爆炸，我們有什麼立場？這是楊凱麟形容過，存有論高度的友誼，存有跟存有之間的友誼，就是一個存在跟一個存在之間的友誼，沒有任何社會性的細節。

對駱以軍而言，字母會的另一個不太可能發生的事，這是一個職人與職人之間的對決，他認為這是極限運動場，所想強調的是非常專業嚴肅而且殘酷的一面。它聚集的是目前臺灣文學小說創作領域，仍然保持非常嚴肅且投入的創作動能的寫作者。每一次當你的作品跟這些人作品並列，當然對自己有要求；這件事情沒有在你心中激發鬥志的話，可能你真的就不是職業選手。很簡單，職業選手站上打擊區，天啊，一定就是要把自己最好的部分動員起來。這是非常華麗的競賽場。

這一整套的計畫，大家翻開每一本，前面都有楊凱麟的介紹，對每個字母的說明，

然後看到各個小說作者的小說回應，後面還有評論者潘怡帆的評論，那是非常奇特寫評論的方式，將自己對單一各種作品的評論通通都轉化進對於這個作品更為深切地描述中，這種文學評論是我個人認為相對慷慨，而且非常熱情的文學批評。

大家如果有看過另一個文學學者喬治・史坦納，你會看到他在許多書裡面都一再為我們重新定義當代文學批評的功能。我認為潘怡帆對這件事有所理解，所以她將文學評論由批評轉為再一次更深切地描述，讓描述本身形成對這個作品的重新開放。

史坦納對文學批評的基本想法是，「文學批評應當出自對文學的回報之情」[1]，因為我們成為作者、評論者、學術研究者之前，首先都是一個讀者。最初的相遇，對你而言一定有本很重要很隱密的書，是這個東西牽掛著你繼續從事或閱讀文學，你會覺得你理解這樣一個特定的書，但那不是泛泛地理解，那個理解發生的時候，你覺得看待事物的方式都因而被改變，你的眼光、整個視角已經都被文學作品偷偷換取過，你被這樣的文學感覺結構給更移了，之後你所有一切在智識上的見解，其實都來自最初始的邀請，文學批評在此被認為是所有那些由文學所觸發的後來的事物之一，這是為什麼史坦納認為文學批評應該要出自對文學的回報之情，因為那是由文學所創生的，姍姍來遲的東西。

他接著說，文學批評的目的，是「試圖將自己體驗的文學作品的品質和力量傳遞給他人，希望他們對這樣的東西敞開心扉」，這是文學批評的目的，而不是滅殺文學的可能，相對而言較為粗率地評斷它的價值。而「文學批評可以提供的最真實的洞見正是源於這種勸導性嘗試中」，文學批評被認知為是一種勸導，使我們知道這文學能如何被看，並且願意嘗試帶著這樣的建議再次理解這個文學作品。這也許能大致說明潘怡帆對字母會評論的設想，她是在藉由自己的一次次深描，重新復原這些作品，同時也提出一個新的邀請，希望你會願意再回去重讀作品，形成自己的理解。

也因為目的是在開放多種可能的理解，所以理想的情況下，《字母會》買到賺到，因為你買到二十六個字母可能就可以念一輩子。這是整個字母會計畫的提案，跟出版時的形構，有非常完整的設想跟理路。而跟這種繁複相對，閱讀小說這件事，按照最簡單的方式，跟看電影不一樣，如果大家讀過班雅明的理論，就知道小說跟一種體驗是不可

---

❶ 所引文皆出自史坦納著，嚴忠志譯，《托爾斯泰或陀思妥耶夫斯基》，杭州：浙江大學出版社，二〇一一年，頁一。

分割的，那個東西叫作孤獨，因為閱讀意味你進入非常私密、不可共享的、私我的經驗，由你腦海暫時翻譯出的風景是不可能被重複的，甚至不可能跟他人雷同，很多事情都只能自己完成。請把如此孤獨的東西搬回家，夜深人靜的時候偷偷慢慢地看。

我要介紹楊凱麟的「差異」，跟大家介紹完，大家應該就會對我們有非常同情的心情，因為它非常困難。楊凱麟的話，我幫大家念：

普魯斯特說：「優美的書都是在一種奇怪語言中被寫出來的。」這或許是今天為什麼還必須書寫的理由，身為一個當代作者必然特異、犯禁、獨身、顛狂與瘋魔的語言烙印。如果書寫僅是模仿的周而復始，如果一切僅是陳腐老套，那麼就不存在創造的必要，也不再需要書寫亦毋庸評論，一切終結。只因差異存在。我們書寫，並因此得以嶄新地再次觀看世界。[2]

差異這個定義，也存在德勒茲的《差異與重複》，德勒茲幫我們重新建構觀看話語的方式。對德勒茲來說，在作品的世界裡面，不存在同一，現今存在的所有書寫，不外乎是差異的重複，或是重複的差異，因為現存的作品跟過往的作品，共享了非常龐大的語言系統，並不完全是純然模仿，而是不免於直接來自於已經存在的作品，以及共享的語言系統。我們書寫只是為了要能夠觀看、確認像這個差異，確實存在也確實發生。或者用俄國形式主義者的話來說，所謂使用語言的方式非常奇特這件事，是文學自身的條件，文學之所以被我們認知為文學，因為它用非常奇怪的方式在使用一種語言，而當我們意識到這點，就會產生一種文學效應，這稱為疏離，或是叫作異化。

舉例來說，我們都失戀過，我們一定都以為我們非常熟悉這種感情，甚至對我們而言，這是一種庸常而且時常重複的感情，但非常特別的時候，比如讀到一首小詩，或走到唱片行聽到劉德華在後面唱〈忘情水〉，非常特殊細緻的抖音，這個時候，你心中還是懷抱那種失戀的感情，但劉德華的聲音跟歌詞，好像突然讓你覺得世界好像停了一拍，能理解這種感受嗎？你會仔細去想，劉德華剛剛唱什麼？「給我一杯忘情水」，天啊好美，我不知道水能被這樣形容，這樣奇異使用語言的方法，將我跟我自己那庸常世界，隔了什麼東西，我從那庸常世界疏離異化，我會說劉德華喃喃自語唱的東西，無論那是

❷ 楊凱麟，〈D如同「差異」〉，《字母會D差異》，臺北：衛城出版，二〇一七年，頁八。

不是真的，那就是文學。

　　相似邏輯（雖然舉例一下跳好遠），在普魯斯特看來，優美的書也就是在這樣一種非常奇特語言中被寫出來，對我們產生一種撞擊，它跟我們所認知的描述，存在著一種差異；它產生一種離心力，突然之間，從庸常的軌道中岔開了。當差異存在，文學自身非常厚實但又可以說非常偶然地在我們面前炸裂了。於是，我們認知到差異存在，或說我們書寫是在尋找這種差異，我們其實是在逼近一種對讀者跟作者而言，同樣有效的文學效應。也就是為什麼楊凱麟說，因為差異存在，所以我們書寫，並因此可以從這個書寫當中得以嶄新地觀看世界。

　　現在要開始寫了，我要意識到差異的存在，就發現，我什麼都不會寫。因為差異在這裡被當作思考書寫的出發點的話，它意味著，先前所理解的所有作品，都應該要是你的挑戰，比方說，在卡夫卡之後，我們不再能像卡夫卡那樣去寫變形的故事了。你所認知到的一切文學建制，所有文學常識，對風格、對文體、對情節、對知識、對道德所有這些理解，都將變成寫作者的債務，寫作被認為是一種非常艱難的重新出發。當我們以這樣的方式去想像作者，想像如何成為這樣一個寫作者，同時在並無奇蹟的這個世界尋找那些疏離跟異化效應的可能。意思是說，我們是在自己重複濫情的失戀狀態中，將無以名之只好姑且稱為「劉德華」的那個存在想像出來。想像一個背後靈，用一種非常奇特的聲音，在你的庸常世界裡面，一次次撕裂這個世界的連續性，發出一種聲音，實現一種差異，它自身的存在也許形同一種奇蹟般的存在。是不是很困難？你願意五年受這種折磨嗎？於是書寫指向這種懸而未決的真正的開始，你打開電腦，把word檔叫出來，看著浮標在跳，想著差異的時候，其實是在為了那個即將到來的東西而寫，但我們不知道那是什麼，當我們每一次嘗試造句，反覆修改，我們每一次奮力地去自我塗銷，只是為了實踐一種強勢的差異。書寫在這情況下，被認知為是一種真正指向未來的真正開放。未來是很奇怪的東西，所有一切準備都是為了想像出它的方向，想像它的樣子，想像它的可能性，當我們把這些迴路都想像出來，才能把所有這一切所想像的未來迎接到我們寫作的現場。

　　我要完成最後一件事，介紹導讀大家會看到的作品。大家如果買了《字母會D差異》，會先看到陳雪的作品。大家不要被陳雪表面上所寫的那些，非常妖豔的事情給遮

障，她核心內在是一個非常溫暖非常古典的作者，她對於人間可能的善意，其中一個叫作愛，都存在一種非常古典非常厚實的暖意，一點都不妖豔。所以在〈差異〉的作品裡，在妖豔的表層底下，她寧願凍結所有情節跟結尾，保證這樣一種所謂的古典的善意，超越個體差異的距離成真。

　　陳雪寫的故事，基本上是關於少女或少年的啟蒙，有一件事非常重要就是性啟蒙，很難以書寫。如何寫得沒有陰影，需要非常大的關懷跟技術，她要做的就是這件事。談到啟蒙儀式，大家知道有個直男癌的學者，所有想法都很直男，這個人叫坎伯，《千面英雄》的作者。坎伯沒辦法理解希臘神話裡，河神女兒被阿波羅愛上，阿波羅要跟她求歡，河神女兒為了拒絕這件事，去請求她的父親河神剝奪她的年輕貌美，只為不要受到阿波羅的侵犯。阿波羅是全世界跑最快的人，在後面追她，一直調戲她，用微積分的方式享受這種凌虐。他會忽然出現在河神女兒前面後面，有時候在她肩膀上，有時候去聞她頭髮，讓她不堪其擾。河神女兒跟父親說，請把年輕貌美、性吸引力都拿走，只要讓她躲過阿波羅的騷擾。河神將自己的女兒變成一棵月桂樹，就是桂冠葉的由來，變成樹之後，依然保有生命，享有不斷不斷生命的循環，阿波羅就摘下它的葉子，當成繆思象徵。坎伯解釋這個有關啟蒙的神話，表現一種直男的憤怒，他認為河神女兒非常蠢，怎麼可以拒絕神的啟蒙？坎伯這樣的說法讓我覺得非常蠢，他站在一個異性戀觀點，一神信仰的觀點，認為人去阻撓自己應該要面臨的啟蒙，這件事本身是非常愚蠢的事。在整個古典神話中，不斷對拒絕進入啟蒙年代的人進行懲罰，或者被變形為怪物，變形為樹，變形為毛茸茸的東西，就是無法成人。對坎伯而言，啟蒙是人必然要經歷的成住壞空，阿波羅想要你的話，你就要獻出你自己，非常父權。接受這個凌虐跟神辱之後，你才能重新融入這個世界，你會從痛苦中學到很多東西，融入這個世界就是啟蒙儀式的完成。坎伯將一切啟蒙儀式都分為分離、過渡、融合這三階段，分離是從自己原先熟知的世界被分離出來，好比河神女兒被阿波羅挑中，他用四維、五維的方式去包圍，河神女兒就被孤立出來，只能不斷逃亡，變得沒有任何朋友親戚。你會處於一個過渡期，比方說，最大意義就是，你不是從前那個你，也不是未來那個你，不知道是什麼，只是被欲望之物，被阿波羅將要臨幸的東西。這漫長的過渡期，會受到一連串打擊，阿波羅會賜予你新的感官，新的立場，於是你就可以融入新世界。一般而言，所有啟蒙故事應該要完成

三步驟。在這情況下，我們會遇到非常悲哀的事實，過渡期你會受到一種人的幫助，通常是啟蒙失敗的人，用最低能量寄居在俗世邊緣那些怪物，他們是非常善意的怪物，提供的只是失敗者的善意，幫助這些英雄完成自己的考驗，但他們的命運是一次又一次被完成啟蒙的英雄遺忘，他們的命運，是永遠用最低的能力寄生在人世邊緣。這是坎伯分析所有啟蒙故事的原型。

陳雪對我來說，是將這種啟蒙儀式叛逆著寫，因為裡面有兩個人物相遇，一個叫鳳凰，一個叫冬樹，鳳凰是正在做變性手術的人，由男生變成女生，冬樹就相反，由女生變成男生。可以把陳雪的故事想成鳳凰或冬樹的啟蒙故事，如果你把它想成鳳凰的啟蒙故事，冬樹就是那個啟蒙失敗因此只能提供鳳凰幫助，但當鳳凰重新以新的性別融入世界以後，冬樹就是首先要被遺棄的人。也可以想成冬樹的啟蒙故事，道理上是一樣的，鳳凰就是提供幫助最後被遺忘的失敗者。任何基於直男邏輯的啟蒙故事都只能成就一個主角，而成就更多的是對於善意的遺棄，不管由男變成女的鳳凰，或是由女變成男的冬樹。陳雪的溫暖與叛逆是取消對單一主角而言，必然要發生的融合程序，她讓小說停在鳳凰跟冬樹的相遇跟結合上面，這故事就停在這裡。這結尾取消了時間進程的意義，就是一併取消單一主角之啟蒙儀式的真正完成。將兩位主角的相遇凝滯為故事的結尾，於是形成一種故事的兩個差異版本，於是我們可以將小說讀成鳳凰的故事，也可以差異式地讀成冬樹的故事。陳雪完成一種寫作者的叛逆，她在寫著差異，但她一切所有表述都在告訴你，個體差異並不重要，或者，兩位差異者的彼此識得，比一個人能否通過啟蒙儀式更重要。大家可以帶著這個理解去看陳雪這個並不容易的小說。

胡淑雯的小說也是一個並陳差異的好版本。胡淑雯是對自己作品的最好描述者之一。她描述手天使，就是幫殘障的人打手槍的性義工，而她一方面描述這樣的遭逢，另一方面，她自己對差異提出的解釋也體現在作品中。解釋是這樣的，非常胡淑雯喔。胡淑雯認為差異就是讓既有的詞意徹底失效，而這個所謂徹底失效就是文學的善良，讓成見，讓所有這些庸見，讓沒有進入作品、沒有具體被曝現之前，你以為沒有問題的這些意見，讓這些事情在寫作中徹底失效。胡淑雯認為文學展現這點的時候，就是展現文學特有的良善。意思是說，她在用差異化的方式推翻我們認為我們知道而且以為沒有問題的事。描寫手天使的小說，要怎麼寫？大概會有兩種方式。第一種是對弱勢的過度渲染，

我們在很多以為懷藏著人文關懷作品中會看到，對弱勢過度渲染，目的是表達上對下的憐憫與同情，就像知識分子寫的鄉土關懷，他並不知道這裡面一直行使一種位階上的霸凌，因為我們從古典，從希臘悲劇時代就知道，憐憫是一種上對下的事情。或是用一種當代性的寫法，用侵入性的鏡頭去窺探，大家每天翻開報紙會看到，如果大家看的是網路版，還配了動畫，所有這些侵入性鏡頭窺看。你可能會遭遇到這兩種方式。

胡淑雯體現的差異是讓這兩個版本沒有單獨地發生，而是利用這兩種版本並列的描寫方式，讓讀者的道德判斷延後發生，這個延後發生實踐的就是我們剛剛描述的，差異在追求的文學效應，至少空一拍。按照胡淑雯的小說思路，如果她的寫作能夠讓這種停頓發生，她所展現的，就是一種特屬於文學的善良，因為你願意停下如黃河一般滔滔不絕的成見，去觀看這兩種被並置的版本，願意延後你的道德判斷，甚至願意連同上對下的憐憫也一致停滯下來，這時你所見識到的，就是異常純粹而良善的文學。這樣一個文學時空發生的時候，按照胡淑雯的說法，這就是文學的勝利，跟個人自由的實踐。胡淑雯運用各式各樣努力，希望像這樣的停頓可以在你閱讀時發生。

我想介紹駱以軍，但我很想跳過去，因為大家應該很熟。駱以軍至今以來所寫的作品，我們都可以用一個最宏觀的方式來看，基本上是一個對增熵世界的描述。增熵是物理學上的概念，當你一直做功，就會趨疲，熵數太大的時候世界就會停滯下來。我們的老年就是青春做完工之後的結果，老年比青春的我熵數更高，更接近於有機體失去作用。按照物理學的角度，這個增熵無法逆轉。按照增熵世界的描述，我們將自己的屋子打掃乾淨，其實非常沒有意義，對世界更大的環境造成破壞，比方說，我們回去要確保自己房間乾淨，我們就會把非常髒亂的東西移到外面去，用非常多的水跟清潔劑，清出垃圾就放在房間外，於是一個個房間愈乾淨，外面的世界就愈趨向世界末日。這是所謂增熵世界不可免的，你知道一個人起心動念整理好自己的這件事，意味著自我以外更大的混亂。

駱以軍特別在這增熵世界裡關注那些被侮辱與受損害的人，你看到他的小說都有一種非常抒情的聲音，對於昔日之我，或是昔時世界的回望，也許回望的是一個非常中二的自己，像在他作品中不斷出現重考班那個國四生，那個少年正接觸人生最初的惡，而這個少年對於這樣的惡生疏到無法掌握，他產生一種害怕，手足無措，產生極度受到羞辱的感覺。但我們會需要注意的，不只是這個現場如何被描述，還有小說技術上如何總

有一個增熵世界更下游的聲音在重述一切。因為時間下游的我，一定處於熵數更亂更高的世界，處於更大的惡，更世故、更成熟，更知如何在混亂中周旋，於是，當他回望那位接觸最初之惡、因此生疏，因此覺得自己好羞恥的少年時，一種駱以軍小說裡特有的複雜情感就產生了。那也許可以叫作鄉愁，不是對某時，不是對某地，而是對於時間上游那個遠遠不如現在之我們趨疲的，更早的我們。雖然你知道時間最初的少年也好，那年輕女子也好，已經陷入跟惡的遭逢了。即便是這樣，在未來那更讓人絕望的世界裡，即便最初的少年接觸到惡，這件事本身都來得讓人如此想念。有沒有覺得非常複雜的情緒啊？讀駱以軍作品一定會感受到的，好深切的絕望感，又被安慰了。這種破爛的世界，駱以軍還是證明了一種可能，人還是可以去想望相對而言較為良善的存在。

　　你可以在駱以軍的〈差異〉裡面，看到這個版本的演繹。一個固定的駱式敘事者，觀察時間兩端的差異，長久跟隨一個破破爛爛的、人生可能性都被消耗的一個老女人，逛大賣場，跟她兒子見面，所有這一切。在混亂中我們看到駱以軍的抒情明確地抽繹起來，因為敘事者猜想著，當這些條理線索遠遠不如現在混亂時，想必這個破布一樣的老女人也曾經青春，曾經華麗輝煌過，雖然在那時候已經跟這世界最初的惡狹路相逢了，已經成為這些該死的直男們欲望的對象，但在那一次次被轉手、被撫摸，直到最後在時間的下游破爛成一團以前，她曾經非常美麗。但是你知道，什麼樣的人可以復原線索、重新回去組裝這樣的女孩，也許就是駱以軍這樣的作者，從噁爛的現狀、一團亂熵中重新組織，把它梳理好，找出時間的更起源是什麼。我們對世界的生疏，並非不值得想念，或者說那其實是在我們注定只會愈來愈無望的人生裡面，唯一可以想念的狀態。那個只能在回述中減熵的我。請看駱以軍漫長的想念、非常溫柔的懺情錄。

　　最後要講的是黃錦樹，謝謝他友情支援我們第一季。黃錦樹是一個非常特殊的個案，馬華文學的境外實踐，從他的作品得到兩方面說明。第一個是對於馬華文學曾經存在的系譜性的作品，而他的小說自身就是系譜差異的展現，他的每一個作品都在召喚他自己讀過或在歷史中塵封下來的所有馬華文學的作品，所以你對馬華文學的知識愈多，讀黃錦樹作品愈enjoy。另一方面，他所應對的又是整個文學場域弱化的狀態，黃錦樹的作品會存在一種特別孤零零的聲音，因為馬華文學不在任何國家、國族文學的計畫裡面，怎麼說呢？馬華文學做為始終外掛式的存在，被馬來西亞自身的國族文學所否定，

因為馬來西亞的國族文學建立在馬來人的基礎上，所用的語言也不是華文。但是它又很難歸入臺灣文學自身的國族計畫，歸納起來有點尷尬，尤其是在本土性尋索最為劇烈的時候，討論方式以排他為原則，所以馬華文學必然會在最狹隘的時候被排除在臺灣文學的國族計畫之外。馬華文學注定只能成為境外文學的存在，它不存在於馬來西亞國族文學內部，也不存在臺灣，但被外掛在臺灣文學的外面。馬華文學之所以可能成真，就是因為有一段時間，臺灣提供所謂華僑政策，讓對華文有認同的人可以來臺灣念大學，在臺灣度過最有創造力的年華，留下所謂馬華文學，但這就是注定只能孤身存在的文學狀態。黃錦樹的作品，嚴正思索這種命定式的孤立，所以在他的作品，像散文，透露本真性的作品，就可以看到憤青式的精神。黃錦樹對自己的認知是魯迅式的現代主義，想繼承魯迅式的批判精神，所應對的問題，又比魯迅應對的文學場域問題來得複雜許多。所以黃錦樹存在這兩種軌道的呼喚：一種是對於他記憶中馬華文學的經典差異式的表述，再整理；另一方面又對停滯而失效的時間，所謂馬華文學時間，存在非常純粹的懷想或抒情。

黃錦樹的〈差異〉，描述了一個非常特別的故事，背景依然還是黃錦樹所有短篇一再構想的背景，那個馬來西亞左翼被殲滅之後失效了的時間，曾有段時間馬來西亞左翼有可能可以主持相對而言包容更多異質的南洋人民共和國，但這期間被冷戰計畫殲滅、取消，於是馬來西亞政府成為冷戰牆上的強硬反共政府。這些昔時共產黨員受到招安或殲滅，因此對歷史懷有記憶的人，自然處於傷停時間裡。這裡描述一個多年以後做為共產黨員的亡子，回到母親身邊的故事。並不是全身回來，他死在叢林裡了，他的手臂被砍下來，由以前同志帶回來給母親，手臂被保存著一直散發出火腿的味道，但是媽媽在叢林孤立的住所，跟兒子剩下的手臂，還拿著一支筆，跟他談話，就當兒子還活著那樣跟他相處，其實是意志或生死上的差異，對懷抱著情感的母親而言，兒子以這種方式回返，不能不說是意志的勝利，彷彿還存在於人世。最後結局非常暴走，這隻手最後獲得自己的意志，變成一隻怪物，非常黃錦樹，像螃蟹一樣的東西，爬過沼澤，把所有魚啊蟹啊都強暴了，非常歡快，逃往跟大歷史都無關的自由裡。非常美，我自己覺得，可能很粗暴，但想像力非常華美，實踐上非常暴烈的作品。

因為時間關係，我嘗試想把所有東西擠進去，非常高興見到大家。

莊瑞琳／採訪撰文
本期策劃書店職人讀字母會，專訪投入字母會第一季策展的五家
書店，我們從後山臺東晃晃書店開始，一路往北到花蓮時光書
店、臺北誠品敦南店，再走西岸到彰化紅絲線書店，終站為高雄
三餘書店。透過七位書店職人談字母會作家、作品以及為何從事
書店工作，將深入理解臺灣目前的文學閱讀現象。

書店職人
讀字母會

臺東晃晃書店
花蓮時光書店
臺北誠品敦南店
彰化紅絲線書店
高雄三餘書店

臺東晃晃書店
晃出臺東的文化網絡

晃晃書店店長羅素萍：

從哲學的提問，到小說家的回答，我理解到，[字母會] 重點不是這些作品，而是對話。我們讀者參與其中，也像是跟著做一次練習。

我真正喜歡上閱讀應該是二十八歲了。過去因為讀工程科系的關係，都是功能性閱讀，在小知堂文化做網路編輯開始接觸到翻譯文學，到了在貓頭鷹親子教育協會工作，得強迫自己站在第一線說演故事，這對我來說是很大的挑戰。但當時我跟書店工作並沒有關係。

二〇〇四年與先生 Hope 到臺東度蜜月 longstay，原本只給自己一年時間，但後來更喜歡這裡的生活步調，第一次思考自己要幹嘛。臺東的書店比較是以文具為主，臺北出生長大的我才驚覺，原來有地方養不起一家賣書的書店。晃晃書店是先從背包客棧慢慢累積，加上一些寫網站程式的收入，六年多前開始做二手書店。當時一週只開三天，到了現在的店才每天開，目前新書占四分之一。我喜歡看舞臺劇、電影與聽音樂，所以把書店當平臺去連結，辦講座、策劃影展，跟大家分享自己喜歡的事。選書的標準很個人，不在乎多久才賣出去。

一開始對字母會沒概念。因為是衛城就答應以一年的時間長期策展，但慢慢理解後，就開始起雞皮疙瘩，原來是這麼龐大的計畫。覺得楊凱麟老師看得非常遠，五年前就想要策劃這件事。一開始也不懂，為何除了字母會的書，還要有《字母 LETTER》特刊？但發現讀者確實不是立刻能明白字母會是什麼，經常會主動詢問，此時特刊就派上用場。我有感覺到，字母會的出版形式在打破我們的框架，拋掉對作家的既定印象。字母會作家中，我過去比較有讀

的是駱以軍、胡淑雯、陳雪，黃崇凱是近兩年讀到很棒的年輕小說家，但不認識童偉格、顏忠賢。但因為字母會就全讀了。而且字母會重新出版單冊後，跟之前在《短篇小說》雜誌的感覺完全不同，單冊更聚焦，明顯感覺到這是一種練習，從哲學的提問，到小說家的回答，我理解到，重點不是這些作品，而是對話。我們讀者參與其中，也像是跟著做一次練習。

之前我上自由寫作課，體會到寫作一開始必須處理自己，這就是練習，我想讀書也一樣，讀書是很個人的事情，必須在練習中處理自己。字母會同時提供哲學課與文學課，可能先理解楊凱麟的哲學定義，再去讀陳雪的小說，或者是讀陳雪的字母A未來，描述摩天大樓、天空之城裡發生的一段愛情，再去回推楊凱麟給未來

的定義到底是什麼。

我有感受到字母會的格局是要走出困境，夾縫中尋求新的出路。因此我理解的字母會不會局限在現狀，也不會順著現在的潮流。小說家在書寫的過程中，也沒有局限在自己熟悉的部分，而是嘗試與哲學家接軌，讓臺灣文學走出一條新路，似乎任何世界上的邊陲都在尋找可能性。所以我特別選蘇美琅校長的《成為Bunun：布農族的童年及養育》與巴代的《走過：一個臺籍原住民老兵的故事》、《碰撞與對話：關於「卑南族」的想像與部落現實際遇》呼應字母會。自從來到臺東，我更深刻認識到巴代與夏曼‧藍波安這兩位原住民作家。尤其是巴代，一直在為卑南族找新的可能，拉拔年輕人，不是只有自己寫爽，還在晃晃辦小說創作課。巴代以小說

家的身分做社會實踐，這種注重分享的無私特質，很像字母會給我的感覺。

對書店的未來有什麼想像？真希望哪一天書的銷售能超過飲品、住宿。明年晃晃也會有一個新空間，更具備社區功能，比如社區食堂以及在宅醫療的討論。一個月有幾天歡迎照護者來免費享用咖啡、食物。臺東太長了，需要再蓋一間醫院嗎？現在有一群醫師、藥師、護理人員甚至廚師組成在宅醫療團隊，一個月跑一兩百個地點服務。目前對醫療的想像還是以醫院為核心，但臺東、花蓮腹地太長，醫生流動率又高。總之，我希望這家書店慢慢長出，適合這裡土地的人的需求。

所以我總是有很多想法，總是在動腦筋，有點跳 tone。最近就在想短期書店的策展。偏鄉有很多空屋，我們可以自己做書架，讓駐棧者去玩一家書店。今年暑假在關山的朋友就一起辦過三個月的短期書店，書由晃晃募集整理後再捐贈出去。這是石頭湯的概念，像一個有機體。十二月，成功的新港教會有間八十年的老屋，也會利用一樓的空間做短期書店。其實已經有一群人與牧師在那裡，我們就是去幫忙擴散。

只要有好的出版品，對於閱讀力我一點都不擔心。但整體出版界有點急躁，書店在挑書會感覺到，同一個類型會有很多家出版社在出。功能性閱讀的氣氛太強烈。昨天早上臺東大學華文系的學生來訪問，問現在還有人買書嗎？撐得下去嗎？這反映學生對未來出路的焦慮。我的回應是，從小到大都是功能性閱讀，但當感受到閱讀的樂趣時，就有了光，成為習慣與生活的一部分。所以我是樂觀的。

花蓮時光書店
因為小，所以可以繼續做

時光書店店長小美與她的雙貓：
字母會是在回應當代，回應當代臺
灣，是從自己的文學理解當代。

我進書店工作是偶然的機會，五年前，因大學同學要離開，介紹我來。到時光之前，我沒逛過獨立書店，頂多去舊書舖子，甚至連時光都沒來過。對書店是浪漫化的想像，以為翻翻書、結結帳就可以了。一開始對書不懂，只能記書名，但我覺得，要讀其中一部分的書才會對書店有完整理解。這是我來書店工作後才摸索出來的。

讀書，我到研究所才開竅，在之前不是什麼認真的讀者，連我讀華文系，就是填志願的結果。開竅是指，原來除了小說以外的書也可以讀。讀書可以擴大這麼多，不是測驗、考試。我讀的東華華文系，吳明益與黃宗潔這些老師都喜歡開大量書單豐富教學。

二○○四年成立的時光雖然是家二手書店，但從二○○七年老闆秀寧決心長久經營後，就主動剔除掉一些書，所以我來的時候，時光就是一家文學書為主的書店。但五年變化太大，文學小說類的銷售明顯變慢。記得剛來的時候，文學小說是最好賣的，一整排村上春樹兩週就賣完了。這幾年心靈探索勵志類比較快。

純文學的市場萎縮，像昆德拉與艾可的作品，以前時光一定會有讀者買走，但這幾年他們都沉默了。我總說，昆德拉你來了啊。像《行過地獄之路》與《極樂之邦》這麼好看的小說，討論度卻很低。我在意文學的原因是，人文社科跟文學不同，人社是脈絡整理，點出結構問題，文學小說是看這些人在脈絡下的生活，價

值觀的形塑與應對。文學的東西更深層，給的是比較抽象的東西，不是答案。

所以為什麼要加入字母會的策展，一開始也不知道，但又覺得必須，可能從書店的角度來看，這幾年一直收到很多自己不感興趣的書，再加上華文數量無法跟翻譯文學比，感覺字母會是一個可以做的事情，補足我們自己生活的脈絡，對閱讀小說的缺乏。

字母會這些作家對我來說，比較熟的只有胡淑雯，但也只讀過《哀豔是童年》。這次因為童偉格要到時光講座，我就去找《童話故事》來讀。《童話故事》非常難讀，還好之前有累積，還算認識書中提到的作家名字。他的文字讀起來好累，卻很有收穫，把我熟悉的東西，把場景與空間、氣味給陌生化了。書中對濱海線公車的描述，讓我印象深刻。

華文作家影響我的是袁哲生。重複地讀，到現在還會讀，還會覺得新鮮。他對孤獨感的形容很吸引我，是我最喜歡的作家。

我沒讀過《短篇小說》雜誌，因為對作家集結的書興趣不大。對字母會的理解，原本以為是一個作家寫一個字母，後來才發現是共同創作。我不覺得 A 到 Z 的法國哲學定義很難進入，除了巴洛克比較難，其他可以相通。有人講過這種很像命題寫作？我是覺得不會。這些作者都有一定功力，不可能用命題寫作的方式來寫，文學對我來講就是提出問題。所以這樣讀下來，會發現他們都在回應當代臺灣的近況。因為我們身在其中，不太知道臺灣的模樣是什麼。好像比起其他有戰爭的國家，我們社會相對是穩定的，但是穩定裡面的比較異質、邊緣的東西，其實我們沒有看見，這些作者讓我們看到這些狀況。

字母會我第一本讀的是獨身，後來是事件。時光的讀者也是對獨身最有感覺。事件的作品中蠻喜歡童偉格與駱以軍。童

的小說與文字有種密閉的氛圍，很像在一顆微型水晶球裡面發生了一些事情。他的事件描述故事主角原本住的地方變成墓地，跟當代土地迫遷有關聯，印象深刻。駱以軍的事件讓我想到移工與新移民。前陣子去宜蘭，看到一個移工牽著阿嬤過馬路，默默過馬路。阿嬤身邊應該是家人，但卻是移工，讓我感受強烈。移工在承擔家庭本來應該要做的事情，卻被不合理的對待。

胡淑雯的事件有點調皮，她好像喜歡把角色設定在童年階段，因某些事情就毀了或產生巨大變化。關於事件的定義，我會用關鍵字對應與連結，比如童的都市發展，駱是移工，胡是霸凌。我覺得，字母會是在回應當代，回應當代臺灣，是從自己的文學理解當代。

關於文學與出版，我們很容易講的都是困境，之前有大陸讀者買了楊小娜的《綠島》，我問他為什麼想讀，他說他對臺灣這個時代、這個事件感興趣，我有點難過又有點開心，為什麼要透過外國作品或外國客人，才知道還有人要讀這些書。所以我最大的難題是：到底還有誰要讀這些書。

花蓮人口少，但觀光人口比例高，被觀光牽著走，淡旺季的分界愈來愈明顯。但因為時光小，還能生存，所以可以繼續做。我沒想過去別的縣市做書店，現在也只能負擔這樣的事情。時光並不起眼，是街角小店。但我還是想要多一點變化，活動多一點形式，說服老闆多賣一點新書，組讀書會。之前有占星的朋友說，時光的老闆與店員性格都有一種孤星的感覺，每一個都有很奇特的固執面向。或許真是如此。

臺北誠品敦南書店
致未來列車的讀者

誠品敦南店店長周業陞：

字母會限制型的寫法很有趣，很燒作者的腦⋯⋯對閱讀者也是挑戰，要怎麼找到作品與限制的連結？對喜歡花腦筋的人來說，很有趣。

我大學讀的是資訊管理，但一直喜歡文字這些東西。爸媽都是老師，從小家裡會訂《國語日報》，也有《漢聲小百科》，整套的牛頓，而且買書還可以〔在零用錢外〕另外報帳。我什麼都看，漫畫也看，就是雜。

服替代役時在學校，也是接觸文字，後來退伍後找工作就想試試看應徵誠品。問我為什麼？我是喜歡資訊（不是那個資訊喔），新東西的人，在書店可以直接接觸到這些。

進誠品後，從敦南店服務臺做起，中間去英國讀書，回臺灣後又回誠品，前前後後已是十多年的誠品人，一直在敦南、信義與松菸這幾家店。為何是誠品？為何是書店？我大學延畢那一年曾在軟體公司寫程式設計，轉行之後，同學也覺得很奇怪。但我不想一直面對電腦，在服務業可以面對讀者。

我是很雜食的讀者，可以說沒有類型。甚至不是大量閱讀書，網路與雜誌文章看很多。一天看三份報紙，一個月看十本以上雜誌。個性關係，牡羊座三分鐘熱度。人社科、理科、藝術都會看。通常書引起我的興趣，是因為有新東西，感到好奇。我比較常看分析性的書，比如《衝動效應》、《不當行為》都是我會看的書。文學沒看那麼多。

最近黃崇凱的《文藝春秋》還不錯。為什麼會讀完《文藝春秋》？跟時代背景有關，也是切身的東西。對書中這些人有印象，而且每個故事的切入點都不一樣。你說我進誠品卻不是典

型文青？我也覺得，但到底什麼是文青？最近看完的還有《行過地獄之路》，也是有歷史感的作品。真的挺好看，會一路看下去。主角軍醫經歷的事情，被賦予不應該承受的責任。他被遺留在那個年代。不論是榮耀還是屈辱，都不是他要的。

第一次聽到字母會，在華文世界來講，是有野心的題目。這東西不可能大賣，但總是有人要去做這類事情。字母會限制型的寫法很有趣，很燒作者的腦，有點像在競技場的感覺。對新生代小說家也許是一種刺激。對閱讀者也是挑戰，要怎麼找到作品與限制的連結？對喜歡花腦筋的人來說，很有趣。

我讀完了A未來與B巴洛克，看字母會感覺像在看推理小說，先在楊凱麟那裡拿到線索本，然後在每個場景中找連結，常常要看好幾次，最後再看潘怡帆高手破案。我喜歡巴洛克中的胡淑雯與陳雪的作品，胡淑雯描述一起職場性騷擾，現實與虛幻，現在與過去的映像變換，很巴洛克。

為什麼敦南店要支持字母會？因為是敦南店。出版社都敢這樣子玩了。文學這幾年來講，就是下坡，但後半年華文創作有亮點，在這種情況下還有很多東西飆出來。

現在寫文字讀文字的人不會比以前少，但現在的人不看重的，重的愈來愈難賣，動得慢。重的東西背後的時代感，需要時間去理解，但現代人沒時間。對文學市場悲觀？倒是不會。但不知道如何讓書與讀者連起來。有人在寫，有人想讀，但如何連結？大家想看書的動機還在，但如何找到連結？以前只要給書位置就會賣掉，但現在即使擺到那個位置，都不見得有人買。讀者跟著誠品也在慢慢變老，但列車的下一節一直沒出現的感覺。這個問題目前沒有答案，只能不斷嘗試。

沒有讀不懂的文學

誠品總店區企畫楊筑凱：
在字母會之前，我沒有遇過這樣子
的作品，需要這樣反覆地閱讀。

這段時間，我一直想要跟人家討論字母會，朋友知道說，我最近很投入一個叫字母會的東西，可是究竟為什麼這麼投入？可能也搞不懂。不就是小說嘛。

我三年半前從書區轉到企畫，負責敦南、信義與松菸的講座。大學與研究所唸

戲劇，喜歡哈洛・品特、貝克特，是有點詭異的路線。我不是迷戀推薦與排行榜的人，喜歡的書、漫畫與電影以推理驚悚居多。在讀字母會之前，我正在讀勒卡雷，還是以翻譯文學為主。我以前根本不是華文文學的讀者。必須說，從紀大偉《同志

文學史》到黃崇凱《文藝春秋》，這半年來是我最密集接觸華文的時間。我從來沒有這麼密集又認真地在讀華文文學。駱以軍還有讀過，其他我一本都想不起來。

因為我喜歡不這麼一般的東西，字母會是一個實驗計畫，在出版前，它的概念就引起了我的好奇，想說未來如果當真發生了，這必然是書店要大作的事情。字母會的形式也很合我的口味。我喜歡讀短篇小說，短篇小說要在限制的字數內製造新奇，讓讀者有新鮮感，瞬間的爆發點，跟長篇不一樣。字母會出版後我開始讀，按照順序，先看楊凱麟的提示，再去看每個作家給出什麼答案與習作，第一本A未來

就非常有樂趣。

我很喜歡黃錦樹的未來，但看到童偉格的時候被他難倒。那篇看了三、四遍。看第一遍的時候很懵懂，一直抓不到，看到最後以為抓到，其實又沒有。真是像一團迷霧。但我又很被他吸引，很喜歡他的文字，有種特殊的氣質，跟別的作家很不一樣。隔天看第二遍，處於猜想的狀態，但我又不想先看評論。總之，碰到童偉格就有這種狀態。但看到童偉格的C獨身時，我就覺得我戀愛了。

A的童偉格很難懂，B與C蠻容易理解。非常喜歡童偉格的B巴洛克，很像驚悚小說，一直跟朋友推薦一定要看這篇。

那種狀態，很像在聽一個人平鋪直敘自己的故事，但這個跟你對話的人，是冷靜的精神有問題的人。我一直以為下一段會出現什麼事情，說話者會對眼鏡行老闆做出什麼。雖然最後沒有，但有種波濤洶湧的感覺，我非常喜歡。到他的 C 獨身，沒有人的旅館那篇，看到第一句話，我就覺得，天啊，是戀愛了。就覺得好喜歡，怎麼可以這樣寫。

駱以軍與胡淑雯、陳雪的作品也很喜歡。有點丟臉，我通常在通勤的時候看字母會，會覺得想哭。胡淑雯的 D 差異，講手天使那篇，引起很大的情緒，有被攪動的感覺。陳雪也是，她的 C 獨身也讓我覺得很像驚悚小說，根本就是皮蘭德羅《六個尋找作者的劇中人》。拿起一本字母會時，我不會猜作家們要寫什麼，我不想做任何預設，因為會有陷阱。像看 A 的時候，童偉格就是一個陷阱，尤其是 D 差異與 E 事件，我都覺得他在寫反差異，反事件。平常看小說我是不看評論與前言的，會破壞我的閱讀樂趣，但讀字母會時，我是真的連後面潘怡帆的評論也看。因為我知道評論是其中一環。

之前就知道自己會看，只是沒想到會變成這樣子。（笑）也許在字母會之前，我沒有遇過這樣子的作品，需要這樣反覆地閱讀。並不是一定要把它看懂，而是沒有看不懂這種事情。當你面對文學，只要你懂了那文體，沒有看不懂的。以前因為每個作家被歸類於不同類型，我就不會觸碰到，不會認真去閱讀，是字母會以 A to Z 的形式將他們擺在一起，我才會去讀。

書店講座中談文學算少的，知名作家的講座人數並不一定比網紅多。宣傳的媒介已改變，重要的作家沒有被重新介紹給新的讀者認識，年輕的讀者依然不知道他們重要在哪裡。第一季 A 到 F 我讀完了，接下來就要找童偉格以前的作品來讀，反正他作品很少，所以《王考》、《無傷時代》、《西北雨》、《童話故事》都買了。

彰化紅絲線書店
書店是孕育讀者的子宮

紅絲線書店店長林虹汝：
讀〔字母會〕小說的感覺，很像去美術
館看完當代藝術，觀看世界的方式會
改變，也會影響你的思考，有點恐怖。

　　百個讀者才一個？我很享受楊凱麟的字母定義。讀中文系之前，我一度是想念哲學的。字母會對我比較難的，反而是後面的小說。看楊凱麟的字母定義會引起我的創作欲望，很適合想要創作的人。對我來講很過癮。

　　我是一個跟家鄉歷史斷裂的人，接觸臺灣文學以後，才跟地方產生更多情感。文學可以修復很多斷裂，人跟自己的斷裂，人跟土地，還有人跟人。在彰化開書店，情感上就是要回饋臺灣文學。一方面也覺得，其他商業空間對沒有錢的人來說是門檻，書店有比較多彈性。很多咖啡店也可以辦講座與讀書會，但透過書的載體，可以傳遞思考的訓練，或者就是知識的深化。書店的形式可以做比較長久的陪伴。

　　我沒有理想中書店的樣子，這房子太有個性，是有感應的，它不喜歡全部拆掉，喜歡的家具不一定是完美的，它需要時間對話，很像子宮。書店主要有三個面向，臺灣文學，衍生的文史，還有詩。我把書本當房客，所以英文才叫 text apartment，是書住的旅館。中文為什麼叫紅絲線？除了感謝緣分，以及跟母系相連結的意涵，有個意象一直放在心上，就是血管。文學、語言是文化的血液血管。我希望能加強它，這個地方才會活得比較健康，才會比較有生命力。

　　來到書店的人有些共通狀態，他們是在尋找的人。但一般讀者看文學書都是在尋求歡愉，讓自己開心，他們的心理狀態不會看太深太硬

的。大部分讀者會害怕陌生，感到畏懼，心靈很脆弱。我對文學閱讀的觀察是，沒有閱讀動機是因為在生活中沒有想要創造的動機。創造的需要被壓抑得很低，所以才朝實用性發展。有比較強烈需要的時候，可能是遇到不幸的事情，對文學的需要就會出現。會覺得文學可以修復。

彰化的讀者還是停留在工具書的概念，也無可厚非。因為生活裡充斥各種問題，他們想要快速解決。來紅絲線的讀者年輕的年長的都有，年長者對我很重要，因為他們看得懂書的排列，也不會在意折扣。這樣子的讀者跟我可能不會有太多交談，但頻率是相近的。只要有比較年長的讀者進來，我就覺得書店可以再開下去。

字母會讓我很興奮。我覺得背後的能量非常高，散發出小說家很強的求生能力，這些從哲學詞彙延伸出來的創作，可以影響文學之外各種領域。看到字母會這樣出現了，創作者、出版社都勇於做這樣的事情，那書店也要朝向域外。要想繼續如何可能，因為我們沒有更糟的時候了。字母會對我來講，就是一個策展的概念。讀小說的感覺，很像去美術館看完當代藝術，觀看世界的方式會改變，也會影響你的思考，有點恐怖。我先看B巴洛克，回頭看A未來，現在看C獨身。

印象深刻的是，陳雪的未來與胡淑雯的巴洛克，最喜歡這兩篇。以巴洛克來說，胡淑雯比較不一樣。因為其他巴洛克作品都是使用密度，只有胡淑雯不是，她使用的是鏡子。過去比較熟的是黃錦樹、黃崇凱、胡淑雯與陳雪，顏忠賢是今年開始讀。他的文字不是用讀的，是用感覺的，適應他的文字與寫法後，某種程度讀起來是療癒的。他其實很黑暗，撞開了黑暗洞穴裡面的縫隙，有些我的經驗我自己無法訴說，沒想到幽微的感覺是可以存在的，再透過

潘怡帆的評論我就會看到哭。讀A未來的時候，剛好阿嬤發生意外，未來的每一篇我都會哭，陳雪的故事我甚至可以感覺到場景裡面的一切。

字母會很適合走出文學之外，進行跨領域的對話。它很像一場革命，或是運動。所以紅絲線選擇的延伸書單是用哲學來對應，不是文學，我選了《感官之旅》搭配巴洛克，《等待果陀》搭配未來。我還把我以前在遊戲產業工作學到的東西放進來，讓大家透過遊戲一起來玩。我利用字母會二十六個字母的形式，設計一個巴別塔遊戲，在二十六層樓的闖關遊戲中，讀者必須先在校長、哲學家、藝術家、諮商師、出版社社長與作家六種角色當中選擇，我則根據每一個字母的小說作品設定任務。目前已經幾位玩家參與，他們都還不是字母會的讀者，希望有一天是。

我常覺得我是悲觀的，書店獲利的方式，目前實在太微弱了，在彰化這個地方真的很難。讀字母會的時候，會突然刺激我思考未來轉型的方向，或許不能再用賣書的角度，而是要用辦學的角度。我想過，書店之後可以轉型為一間學校，類似社區大學的概念。書店只是賣書的話，就無法做社會教育的事情。如果書店本身就是個社會問題，就很難去解決我背後想要解決的。

至於字母會，要辦讀書會還是寫作班，我是覺得參加讀書會就會練習表達，就會有表達的欲望，先有這一步，才有書寫的可能。因為表達就需要整理，是可能寫東西的。寫的時候就會形成一個新的循環，知道寫的時候在思考什麼，他就會讀到作品的另一層意義。我希望紅絲線創造讓人回到母親體內閱讀的經驗，像是一種重新誕生。

高雄三餘書店
書店是城市的頻道

三餘書店鍾尚樺：
我們也期待出版社有新東西出來。可以說，全臺灣已很久沒有新東西與實驗作品。字母會算是近幾年或幾十年來的重要實驗作品。

字母會以後會不會變成一套高中或大學教材之類？影響以後有志於創作的人？以三餘的立場，我希望它是一個正循環，如果今天沒有一間支持臺灣文學或華文文學的書店，對年輕作者來說，想留下點什麼卻苦無地方發表、販售，整個動能就會斷掉，流於一般社會的習慣，認為走文學就是沒錢。至少給創作者一些鼓勵。三餘四年多前開始的時候，文學比重就蠻重，翻譯文學的比例也有一定。

　　字母會是多達二十六個字母的文學實驗，我就很好奇，發起人楊凱麟五年前為什麼會想這件事情，偏偏他寫的東西，哇，根本就是在讀文學導論，對我來說只能跳著看，有點難吞。二十六個單字，二十六個方向，一百多篇小說非常大的風景。我後來嘗試的不是一本本看，是用作者去看，比如先看駱以軍。對這七個作家，反而是用這種方式去認識。有點像練獨孤九劍，風清揚會說，為什麼不先去背總訣，先練

破劍就會懂破刀,先看總訣,這本雜誌,再看駱的作品。難進入是難進入,但總是有方式。不是所有年輕讀者都認識這些作家,後來覺得說,好好閱讀完一位作家的作品也許是比較好的方式。

如果我是讀者,標題來講,我是比較喜歡事件。駱以軍的事件,到底最後跳海是真的還是想像的?駱以軍的風格很清楚,但他的事件來源我沒辦法聯想到,是從新聞來的嗎?很像魔術方塊,手法看不出來,但就是可以轉完。總是故意撲朔迷離的結尾,很像他的招牌。但對一般讀者來說,可以承受幾次這樣的衝擊。實驗到最後,還是要給讀者一個交代。到底有什麼收穫與心得?這可能是書店要去講的。

第一季問的人一定不多,但到第二季、第三季,如果有讀者拿著書問我到底在寫什麼,那我要怎麼咀嚼我的心得去回答?回答其實是實驗,要這麼白話嗎?還是要拯救臺灣文學?會不會太高尚?或者其實

裡面幾個作家還不錯,需要這麼引導嗎?還是說你們去看特刊,看作家的心路歷程,為什麼參加這個計畫,要講得這麼文學性質嗎?都是考驗。你們搞了一個很大的計畫,對書店來說很難解釋。我們也期待出版社有新東西出來。可以說,全臺灣已很久沒有新東西與實驗作品。字母會算是近幾年或幾十年來的重要實驗作品。

字母會以後在臺灣文學史會是個條目,接下來就是發酵,讓這件事情可以擴大,年復一年,一點點也沒關係。比如分類的問題。日本書店的文學分類超細,每個書店每種類型都要有幾本最經典的,臺灣還沒有分類到這種程度,到底臺灣文學能不能為自己分類?能不能鼓勵書店,至少哪些體系不能漏掉?就像童偉格,我還真沒印象我讀過他什麼書,怎麼會有這麼奇怪的寫法?如果沒有透過字母會我不會發現,因為我看的都是通順習慣的文字。他可能一整篇都在寫景色,用斷句,其實

丟的都是力量，他根本就只是在撞我，沒有要講什麼故事，他故意的，讓我不爽，有點跟他在鬥智。或許未來的分類，不再是以作者與出版社，是幫臺灣的文學作品做更細的分類？你說童偉格是鄉土文學的反面？那好，以鄉土來講，可能書櫃一邊是顏忠賢，但反面卻是童偉格。鄉土是一種分類，魔幻也是一種分類。

字母會在三餘是樂觀的，因為三餘追求純文學的讀者居多，文學比例愈來愈純，純到莫名奇妙，其他社會問題都無人問津，似乎只剩下文學還有用，可以療癒自己的感覺。感覺這個城市的人需要對話，高雄人愈來愈孤單、寂寞，有種低沉的恐懼，高雄的政策、經濟是絕望的。來到書店的讀者，有時候不是在聊書，而是在紓發。我很擔心三餘不小心變成菁英書店，比較純樸的人不見了。

我把書店當成一個媒體、平臺、頻道。我們用大量的互動來確認這個城市需要什麼，我們去採訪企業到工廠，到各種學校辦講座，漸漸拉到一個一個讀者。可以說，書店對於跟城市對話這件事，從來沒有停過。至於業績、賣書只能聽天由命，商業行為不是個別能掌握的。你問我理想書店是什麼，我希望三餘是一個城市支持的書店，是這個城市裡面的人共同希望擁有的書店。因為最終一家店會收，是這個城市不需要它，不是錢也不是人。

閱讀是可以確立人生方向的方式，而且在書店工作還可以賺錢。以前在連鎖書店，除了文學，每一個書區都涉獵過。大量瞭解書的來源與內容後，想通一些事情。如果給我機會開一家書店，我想要以這個城市為根基，做一家可以改變社會的書店。後來剛好遇到三餘這一群創辦人，我就把藍圖拋出來，要開就開這樣的書店吧？如果你可以接受小小賠，我們就來開這樣的書店。我也只想做這樣的書店。

永遠有新東西的書店

三餘書店陳澄羽：
我讀了陳雪的B巴洛克，非常驚豔。天啊，
不能排在陳雪後面，太吃虧，她太有魅力了。

我是進了三餘才認識臺灣的作家，尤其是現當代的作家。讀東華大學華文系的時候，主修大眾文學與女性主義，對華文純文學的閱讀較少。字母會大部分作家是比較前期的前輩，像駱以軍與陳雪，之前都有拜讀過，再往前像童偉格，就只知其人，沒讀過他的作品。進來三餘後才知道還有這些線上作家，原來臺灣文學不是我想像中的單純。

以前讀到的東西都是比較「古典」，比如白先勇、王文興。更接近自己年紀的，屬於自己的斷代，沒有。第一次讀黃崇凱是因為他今年出版了《文藝春秋》，發現原來我們這麼近，感覺很奇特，以前會覺得作家跟我有點距離，好像他們讀的、看的東西或視聽經驗都跟我不同。讀了黃崇凱的作品，覺得這是我們年代的東西，我們曾經看過一樣的電影，關注一樣的議題，曾經在文學上有一樣的疑惑。

字母會作家比較熟的可能還是黃崇凱、陳雪，與一點點駱以軍。大學時陳雪有來東華當駐校作家，讓我印象非常深刻。她根本不是在講文學，而是在講生命。陳雪感覺是很柔軟的女生，但裡面很堅硬，她會故意去認識可能別人覺得很危險的人，比如跟計程車司機攀談私密的事情。我讀了陳雪的B巴洛克，非常驚豔。天啊，不能排在陳雪後面，太吃虧，她太有魅力了，文字很有能量。雖然她沒辦法跟我的時代連結，寫的還是我爸媽時代的東西，但能強烈感覺到她的感情，她想要呈現的欲望與痛楚。

字母會在三餘，買特刊LETTER的讀者倒是蠻多的。字母會在文學圈確實有散播出去，感覺都是慕名而來。這些讀者年紀都不到三十歲，A到F是跳著買，感覺他們是自己摸索，默默翻看著。其中C獨身是最好的。

可能因為定位的關係，三餘的銷售是以詩集與經典為主。這幾年日本文學出奇穩定，出版社也發現這件事情，所以不停改版。我以前就覺得很疑惑，後來就懂了，兩本不同版本的宮澤賢治真的都有人買。英美文學普普通通，卡夫卡之類一定有人買。詩集比較特別，三餘一直擺在最前面，四年來已培養固定讀詩的讀者，甚至還有讀詩會。讀者可以接受年輕的詩人，賣最好的是潘柏霖的自費出版詩集《一九九三》，《一千七百種靠近》的討論度也很高。

這些讀詩的年輕人會擴及到別的文類，如任明信常講紀伯倫，紀伯倫的書就會賣。楊佳嫻詩與散文都寫，也會同時帶動兩種文類的讀者。但在店內也經常遇到年輕讀者要求推薦小說，不過要短一點，不要太沉重。

大學時代喜歡戲劇，曾與朋友組劇團，但劇場工作像是修行，很難當一份工作，所以後來先到政大書城工作，才知道書店店員不是整天看書的工作，書的業務很繁雜，需要觀察市場。所以這兩年多在三餘的工作很有趣，因為永遠都有新東西，一直有新計畫。尤其我們還要出去採訪，跟城市對話。在這裡工作，對人的體會最多，這些多元的講座，讓我看過沒有看過的視野，遇到以前遇不到的人。像每個月在宅醫療的讀書會，就會有醫療體系的人與長者來到書店，三餘目前也有兩個臺語讀書會。

在書店工作之前的閱讀量不多，現在三餘每週還有內部讀書會，雖然在同一家書店，大家喜歡的東西不一樣，年紀也有差，彼此分享對賣書也有幫助。為什麼要做書店的工作呢？做為讀者會有盲點，做書店的話，需要知道更多類型，不然只能吸引到跟自己很像的讀者。比如《資本論》是我以前不會翻開的書，但為了推《資本論》，我就會找圖解資本論來看。這個工作還做不膩。

童偉格【杜氏猜想】

林運鴻【臺灣文學史的資本主義徵狀】

胡培菱【黑之華】

徐明瀚【小說家的電影史（事）】

蔡慶樺【情／書】

LETTER專欄

心碎並不致死

童偉格

　　時間是一八五〇年復活節隔天，地點是鄂木斯克勞改營。懷抱沒有獨處時光的那種孤獨，杜斯妥也夫斯基默默坐在營房床板上，看這個假日，許多勞改犯照例喝個爛醉。到處有人聚賭，到處爆發衝突；隨時有人被撲倒，被揍得半死。杜氏躺倒，決心讓自己潛入睡眠。我們不知道他可能夢見什麼，雖然，關於杜氏那多憂的六十年人生及其創作，如果我們願意瞭解，我們幾乎已能無所不知。我們知道許多也許並無深意的相遇，如納博科夫頗厭惡杜氏的作品，但仍得在自傳《說吧，記憶！》裡說到他，只因在一八四九那大掃除之年，當杜氏被關押在涅瓦河心的彼得保羅要塞時，要塞總司令，正是納博科夫的曾伯祖父。

　　據自傳所述，司令為人寬厚，在杜氏繫獄期間，會讓杜氏自由借閱個人藏書。比對史料，我們知道，這般夢幻的當面交流，可能從未發生過。事實毋寧更像是：依例掛名各犯罪調查委員會（包括杜氏所涉之顛覆政府案）的司令，的確將獄政主持得較顧及人道，但可能，他真的就是太累，或太老，或太溫良且決意無礙時局，所以，從不深悉那些最終由他領銜之偵結報告的細節。那是一個階級井然、話語傳遞需經層層轉碼的微型帝國，司令和他的藏書室在至上，杜氏和他那「感覺地板時刻像船艙起伏」的牢房在極下。在涅瓦河心，隨斗室暈眩八個月，杜氏耗盡心力寫足自訴，也自我否證，也辨明「誤會」；也罪責往者，為了迴護活人。但結果看來，那真的就像是《地下室手記》般的自語自言。

　　我們知道更多不可能並行的歧徑，如理論上，那聲息不達極峰的

杜氏猜想

因為「不是哲學家，也不是政論家」，因此才是懷秀小說家（巴赫金語）。因為生來被判要寫小說，所以耗費三分之二長人生，漫長準備它。杜斯妥也夫斯基是悖論愛好者的衷愛，猜想他，意味預支一切早已完結的遲誤，將未竟假設，兌成獨屬文學的此在。這是五次歧徑探勘，我們將從過去或未來，重複抵達杜氏真正的起點，四十五歲時的《罪與罰》。

童偉格

一九七七年生，萬里人。
著有長篇小說《無傷時
代》、《西北雨》；短篇小
說《王考》；散文《童話
故事》；舞臺劇本《小事》。

艙房，應該就是杜氏在世上，最後的住所了。他應死於二十八歲剛滿的是年年底，一生代表作，即個人首部著作，長篇小說《窮人》。如此，在那不乏殉死之人的文化場中，他將同時被加冕兩種永恆的光環。其一，是橫空出世的文壇超新星，別林斯基盛讚的「另一個果戈里」（雖然，在獄中自訴裡，杜氏將死前解構了果戈里的別林斯基，也一併絲縷除魅了）；代表從前行世代的能趨疲狀態中，猛然肇啟的新核心。

其二，是在沙皇尼古拉一世主政的肅殺年代裡，向貴重信念獻上性命的政治受難者；以其被硬生生抹滅的諸多可能性，他將活在下個世代的想像與孺慕中——也許，形同一位更醇粹、更慈悲的萊蒙托夫。兩種光環將相互交織，彼此極化，而這，自然是青春之死的特效；引人掛念的，既是那奪目的一瞬之光，亦是在那之後更其漫長、絕對落實的缺席與靜默。

這一切沒有發生，因沙皇在四十八小時內改變主意，且頗具劇場精神地，親自編導了謝苗諾夫校場大戲。是年的十二月二十二日，這牢牢刻印在受教者杜氏腦中的聖顯日——也許，後續人生裡，無數次的臨死時刻，皆都不如這原初一回，來得如此猝不及防，卻又無比乾淨，格外引人懷念，像置身無可再遇的恩寵中。是日天未亮，獄卒喚起，發還杜氏被捕時所穿的舊春服，與一雙特別寬厚的新襪子。杜氏換裝，乘馬車出要塞，穿彼得堡市街半小時，在天剛亮時來到校場。輕服厚襪二十一人，如盆栽，在場上三三成行，像共享一個瑟瑟發抖的離家夢，聆聽文官某順隊形滑步，逐一，當面對他們朗讀各自判決令。半小時內，「判處所有罪犯死刑並執行槍決」的句落像長詩韻腳，重複了二十一回。

站第二排的杜氏很是困惑，轉頭向臨員確認。這時，他瞥見腳手架旁，原來早停妥一排板車，上頭載的，猜想是一口口棺材。隨扈走動，發下罩衫睡帽——死刑犯的壽衣。神父現蹤，執《聖經》與十字架，徵集懺悔。隊伍一番騷動。杜氏再四顧，望見冰晶般的太陽，遠

方教堂輪廓，與被帶向前、綁上腳手架的第一排那三人。眼前一時淨空。奇怪的是，這時，他的心神突然就跟著鬆開，再無疑慮了。他感覺，從被捕前數月起即折磨他，且經年凌輾他的未知，此刻暫且饒過他，自行敬遠了。他感覺自己，像預支死後識見，正飽滿地知覺這最後時刻。他感激這般寬讓：在「走進另一個未知的生活」以前，他享有五分鐘的歇息。

然而，不，一陣鼓號擾亂他。比理智更快，接近本能反應，前軍官杜氏全身即刻讀懂這信號：他知道，人世回來擄獲他了。行刑隊退下；柱上三人被鬆綁；武官某做飛馳狀進場，宣讀新判決令。柱下三人被強脫壽衣，跪迎劍戟在他們頭頂折斷，以示赦免死罪；再被換裝、上腳鐐，以示從此流放。杜氏留心眾人各異反應，注意到被用來展演儀式的三人裡，有一人，被永遠擠縮、固著在生死懸界上了：他受激過度，當場瘋掉，從此再沒有恢復神智（像某種詭異仿擬，發瘋者亦名「尼古拉」）。種種細節深切刺激杜氏，而或許更奇特的是：在終無牆垣、龐然信息網絡隨人世鋪天蓋地襲捲而回的那個現場，自那超載一刻起，某種意義，杜氏的一半心神也被死後識見給永遠預支，再無法回返了。

此即那道唯一落實之動線上的新杜氏：一路奔波，時時被一種幸福感，與衷心感謝之情給灌頂的流放犯。總路程相當於從北京到烏魯木齊，在一八五〇年的第一個月，杜氏完成了自校場東行的歡樂之旅，越過烏拉山脈，抵達鄂木斯克勞改營。據悉，穿囚服、戴腳鐐，從馬車重重落下的他，整個人就像一張笑臉——一如寄給哥哥的平安信上所言：他感到餘生「是一種餽贈」，而自己，已經「以一種新的形式重生了」。

馬車後方拖曳的，是俄羅斯知識分子圈，花費整個一八四〇年代，艱辛從西歐烏托邦社會主義接枝、育成的啟蒙論述：知識分子當面向「人民」，指導「人民」，帶領他們，走進文明新世界。杜氏留駐現世

的那一半心神，回應這肇啟他文學與社會志業的精神壤土，而西伯利亞，被他想像為終於抵達的「民間」。於是，對他而言，那既是以重獲之生命，更深切向前行世代的往者道別，自他們空想的書齋離開；那亦是從暫被豁免的死亡中，歸返向他們從來無能實證的人間理想。如所有新生者的感悟：在投身永恆與面向現實間，杜氏發現，可能，前者才是極端懶惰的一種選擇。倘若能自主選擇。

我們理解種種關於那唯一動線的深邃誤讀，如佛洛依德的〈杜斯妥也夫斯基與弒父〉，遠溯杜氏的癲癇症病史，直至十八歲，父親疑似遭農奴謀殺的震撼場景。然而，我們如今已知，杜氏的癲癇症，事實上是在進勞改營不久，才首次發作（且從第三年起，惡化為每月發作一次），而其原因，可能異常單純且直接──過度壓力所導致的「超反常相」狀態。詳細點說：這是一種當長期饑餓，肉體超荷的苦勞，心智無法承受的虐待與羞辱，與極端孤獨等殘酷條件同聚一身時，所引發的崩潰效應。

簡單些說：勞改營實歷，摧毀了杜氏攜帶入營的，一切關於「人民」的設想與信念。然而，最使他驚愕的，不是軍方對勞改營的恐怖統治，不是猖獗營內的賣淫，竊盜與走私等犯罪行為，甚至不是數百年階級對立所撐持的，對他這類「貴族老爺」的強烈恨意──當杜氏嘗試友善對待農民犯，而非如他們期待的那樣，對他們頤指氣使時，他們簡直更恨他了。最使他驚愕的，是他發現所有人都能找到自我圓說的邏輯，讓自己免於良心的折磨：是的，在這裡，在這處「死屋」，從來沒有人會死於悔恨。

被揍個半死的人，總是自己再爬起，把握假日餘光，再加入另一場賭局與紛爭；彷彿在旁默默躺倒、提早入眠的杜氏，才是一場無從理解的夢。我們理解佛洛依德的浪漫，總不乏文學想像的他，且本著對杜氏的愛，以不可能的探測鏡，越過那見歷父死的暴力場景，溫柔地，為我們「復原」了這樣一位彷彿生來，就緊張地躲避死神追捕的

杜氏：兒時，杜氏常在睡前留字條，訴說他多害怕「陷入像死亡一樣的睡眠」；他且請求親友，務必將他的喪禮推遲五日舉行，以免可能活埋他。

然而，一八五〇年復活節隔日，這位剛挺過第一回癲癇病發作的杜氏讓我們明白：此刻，他多麼需要一場「像死亡一樣的睡眠」。那像某種重逢，或完美的獨處。事實是：過往半年，以及之後更長遠的時光，是那被死後識見給永遠攜行的另一半心神，始終在觀照他，且托住他。是這位「費奧多爾」，在流放一路，挹注給杜氏那近乎瘋狂的幸福感。亦是他，在未來無數次絕望中，教杜氏明白絕望者的最後一種希望形式——那近乎殉道般的一次次重生。

亦是因此，我們抵達一個關於杜氏那多憂的六十年人生（及其創作）的，一個絕對冷硬、毫不深邃的悖論：從此刻算起，還要遭遇更多磨難，經過再十六年，直到餘生僅剩寥寥十五個年頭時，杜氏才能寫出《罪與罰》，且接續寫成《白癡》，《群魔》，直至《卡拉馬助夫兄弟們》，真切完成個人小說創作的高峰。彷彿直至此刻的一切死而復生，往而復返，都只到一篇太過漫長之自序的半途。關於寫作那「真正的開始」，還在無法觸及的遠方。

要再過十六年，拉斯柯爾尼科夫才會從那另一座彼得堡，抵達那另一個鄂木斯克的河岸，那時，「他已經病了很久；但是摧殘他的健康的不是苦役生活的恐怖，不是苦工，不是粗劣的飯菜，不是剃光頭，不是用布片縫成的布衣。」啊，這些「不是」多麼美好：拉斯柯爾尼科夫的一切重大發現，都是在孤獨的沉思中照見；拉斯柯爾尼科夫的一切照見，如斯暖化了勞改生活的稜角。這想像多美好，對此刻的杜氏而言。

於是，如果預支未來，倒轉時程，能讓一切顯得較具希望，就讓我們輕輕為杜氏倒數：再十一年，他就學會該如何幽默看待「死屋」了，他會描述他在那裡唯二的朋友——一隻有著溼漉漉眼睛的老狗；

一個總把他當無知的小孩對待，且不斷偷他東西的農民犯。再十年，他終能再次越過烏拉山脈，重返彼得堡，縱使他會成為新世代知識分子嘲笑的對象：那不知為何尚在人世的返祖之人。再四年，他就能離開勞改營，縱使，他將陷入痛苦的初戀與婚姻。但這真的沒什麼，因再一小時，那位「費奧多爾」就將喚醒杜氏，且對他耳語：你所感知的是心碎，但在人間煉獄裡，心碎早就無妨了。

中產階級不可承受之「左」
——朱天心〈新黨十九日〉中阻撓個體啟蒙的「經濟結構」

林運鴻

小說家朱天心一向不吝於嶄露剽悍論戰姿態。儘管，她有意無意地，讓個人青春追憶置換嚴酷威權年代，並對追求轉型正義的當代社會氛圍投以犬儒式輕蔑。從好的方面說，一位有天分的藝術家，如果自願疏離於其所出身之共同體，有時候反而能占據不被主流苟同的獨特視點。從小說集《我記得……》開始，朱天心告別了無邪少女時代，轉向厚重政治書寫。借用黃錦樹的比喻，善感林黛玉長成苛薄王熙鳳，在後解嚴的殘破大觀園裡，以筆為劍、向壁虛構，要從瀆神的「本土派法西斯」手中搶救「華夏文明禮樂」。

儘管如此，朱天心的冷眼旁觀（如果不是「唱衰」的話）有其銳利之處，時常能抓住複雜現實的地下根荄。〈新黨十九日〉就是這樣的一篇作品。在此，朱天心描寫的是解嚴初期，臺灣人對於「社會正義」的戀愛般思慕，幾乎一觸即發。但這故事卻帶有唯物論的無情旨趣：做為上層建築的意識形態，終究無法斷裂於人所處身的經濟地位——換句話說，如果沒有徹底變革結構性條件的決心，任何人道的、解放的「政治信念」，只不過是主觀或天真的願望。

〈新黨十九日〉的主角「她」，原本是一位生活封閉的家庭主婦。然而，因為表姊的慫恿，「她」開始投資股市、閱讀財經雜誌與國際新聞，從而慢慢理解了過去在廚房客廳中絲毫無法得知的「外面世界」。當財政部長郭婉容決定開徵證所稅，為了捍衛自己這一新近獲得的興趣與利益，主角瞞著丈夫子女，偷偷去參加股民發起的抗議遊行。在群情沸騰的街頭，對政治與歷史毫無所悉的主角，第一次得知

臺灣文學史的資本主義徵狀

相較性別與族群，「階級」是本土文學評論較少觸及的政治性主題。在這個小專欄裡，我們將一起閱讀當代臺灣文學史上的數篇傑作，並且謹慎地去思考，在文學閱讀、出版市場以及發達資本主義社會的重疊之處，文化無意識可能具有的共謀或者反抗。

林運鴻

東華大學中國文學系博士，現為臺灣大學臺灣文學研究所博士後研究員。研究興趣為戰後臺灣小說、日本漫畫、階級意識、文化民族主義，以及文學研究的知識論。學術發表見於《思與言》、《臺大文史哲學報》、《臺灣文學研究學報》、《中外文學》、《文化研究》等。

了現實中的種種巨大衝突。如同頓悟一般，「她」被高尚而強烈的奉獻情感填滿，也第一次感到自己多麼渴望走出家庭，連結於廣大臺灣人民……

表面上看來，這是一個「中產階級女性啟蒙」的故事。過去的「她」消耗於柴米油鹽等日常瑣事，連立委大選的日子都無法記得，但是，為了理解全球金融市場中複雜的獲利機制，「她」開始閱讀報紙、收聽廣播，關心美國中西部農業的旱荒，或是長榮公司在全球航運的分量。而在物質的層面，原本身為主婦沒有收入的「她」，也開始享受自掏腰包買奢侈品給不知情家人的那種闊綽，或者是因為任憑己意支配金錢而隨之發生的自信。

隨後，證所稅的開徵，逼使「她」的心思徹底遠離零碎家務勞動，並且醞釀出一種屬於股民的「政治經濟學」（或者更精準地說，從自利的經濟動機裡所發展出來的政治反對意見）。為了守護證券帳戶裡的資產，「她」跟隨憤怒的股民們在廣場上吶喊宣講，有了社運初體驗，第一次拿起民進黨旗幟、第一次閱讀彭明敏寫的倡議自由民主書籍、第一次在腦中思考遠化罷工和五二〇農民遊行對臺灣的意義。在這場為期十九天的「民主祭典」之中，「她」迎來了布爾喬亞的有限啟蒙。如果這份「醒悟」還不夠格稱為階級意識或本土關懷的話，在主角心中膨脹躍動的東西，最少也該是一種被解嚴與民主化所召喚的「融入共同體的誠摯渴望」。

小說中有一段描寫特別有意思。在這場逐漸漲滿胸臆的啟蒙高燒中，「她」一直對自己說，「她與她們是絕對不一樣的」。主角認為自己不但區隔於那些撒嬌似地詢問股市名牌的玩票粉領族、也區隔於在這場街頭抗爭中那些單純只是為了保衛階級利益的、唯利是圖的，上至大量持股民意代表，下至閒來無事每天逛號子的富家太太。「她」聽見了自己荒蕪已久的內心在吶喊，「她」渴望為了無名無姓的無數社會弱勢付出──這場由小市民發起的政治集將會是制度改革的重要

契機。這也是為什麼，行政院前的街頭騷亂使晚餐電視機前的丈夫頻頻蹙眉，但卻讓「她」義無反顧在丈夫上班孩子上學的每一空檔前往聲援。小說如此轉述了主角的心聲：「好想去搖那隻自己選擇的旗子，跟一群比咪咪毛毛定吾要與她熟悉多了的陌生人齊心喊口號，喊好大聲。」

即便如此，〈新黨十九日〉尤為精采的地方是，細心謹慎的讀者可能會對小說主角那努力尋求理解他人的自白有所保留：「她」在街頭上被激發的那種，同情農民、工人、環境運動的政治意識固然動人，但是主角卻未曾真正認清自己這類人狹隘的社會位置與階級利益。這也是為什麼，被主角錯誤引為同志的「十九日新黨」（故事裡這些上街頭的股民嚷著要成立新「政黨」），一旦政府宣布證所稅緩徵，剛剛才集結成型的群眾動員力量便立即土崩瓦解。說穿了，股市散戶本質上不會是一個完整的、有政治覺悟的集體。因為所謂「新黨」的潛在成員，無論職業、省籍、性別，只有當投機金融市場所創造出來的短期榮景很稀奇地牴觸於國家政策的時候，分散而自私的無數個人，才願意暫時組織起來捍衛自身利益。根本上來說，這仍是某種與大資本和大企業相連屬的不穩固聯盟。

除了「同志」的不可信賴，「她」還得承受更多失落。故事結尾時，「她」的祕密冒險終於被家人偵破。當丈夫在餐桌上翻開晚報，一張印有「逃命要緊，支持什麼黨以後再說」的照片映入全家眼簾。原來，警察暴力掃場時，主角狼狽奔竄的模樣，就這樣戲劇性地刊登於頭版新聞。面對家人驚異的目光，「她」放聲大哭，感覺住在一起大半輩子的丈夫兒女，竟然陌生如路人。

考慮到「她」的生活條件，例如說（在性別上）身為與公共領域隔絕的家庭主婦、（在市場機會上）用股票利潤購買奢侈品的那種消費習性，這些都又限制「她」成功蛻變為激進左派。雖然「她」僅憑自學，很難認清自己只是在偶然中培育了偏離常軌的、與自身斷裂的、

類似階級意識的天真政治激情。但讀者們從旁觀的角度，並不難明白「她」的覺醒為何無從瓜熟蒂落：像她這樣一朵富裕而有教養的溫室花朵，若是在誤打誤撞中汲取了關於公民社會與民主思潮的多餘養分，就必然戳破「女人」與家庭共存共榮的意識形態假象，更會將「她」從中產階級的穩定世界觀與結構性受益位置中抽離出來。當女性主體經歷啟蒙，「她」很快就會發現，自己那滿腔對於社會平等的熱情，注定是不能夠在又美滿又冷漠的中產家庭裡公開的愚蠢祕密。

對於從未輕信本土化運動的保守文人朱天心而言，即使解嚴以來，此起彼落的政治異議一再訴諸道德與公義，然而，我們這些曾經在「民主」神壇前狂熱起舞的廣大臺灣人民，其實從未真正準備好，去顛覆在當代資本主義體制下中產階級自身的優越地位。這也是為什麼，朱天心別有用心地將「本省女性啟蒙」改寫為一齣荒謬悲傷的兒戲。〈新黨十九日〉並未明言但針鋒相對的真正旨趣是，黨外年代以降的整個反對運動（包括了本土意識與階級批判），未必如同他們自己堅稱的那樣無辜純潔。

今日看來，這篇發表於一九八八年的小說，儘管多多少少來自當時外省知識分子介入族群紛爭的意圖，然而，〈新黨十九日〉也確確實實比「野百合」、「野草莓」、「太陽花」以來的憤怒青年們，更早地對於「社會運動」這一浩大工程提出深刻質疑：在市井小民那裡，內在的星星之火常常出於溫情與衝動，然而這能否燃起足以改變現狀的燎原烈焰？在當代臺灣政治歷程中，因同情、義憤、素樸正義感而被動員一日一週的普通民眾，總是無法被整合進長程的總體改革，你我確實也目睹了、且失望於解嚴以來許多次曇花一現的公民運動。由此觀之，〈新黨十九日〉亟欲爭論的正是，當前體制之所以固若金湯，不只是威權與暴力所施加於人的外在局限，同時也是因為，深陷複雜政經結構的都會中產市民們甚至很難在思想深處發展出真正的自由。

浴火重生的奇女子

——瑪雅‧安吉羅如何書寫並救贖黑人歷史

胡培菱

　　美國六〇年代的種族平權運動，開出了兩朵最燦爛的黑人文學之花，一朵是沉痛憤怒的詹姆斯‧鮑德溫（James Baldwin），而另一朵則是積極強韌的瑪雅‧安吉羅（Maya Angelou）。鮑德溫在五〇年代末從巴黎搬回紐約開始親身參與民權運動，而安吉羅也因為加入了當時代表黑人文學復興的哈林作家協會（Harlem Writers Guild），進而加入金恩博士及麥爾坎的政治活動，鮑德溫與安吉羅在一九六七年於紐約結下情誼，從此交情莫逆。

　　當時鮑德溫已出版了半自傳體小說《向蒼天呼喊》（*Go Tell It on the Mountain*）、散文集《下一次將是烈火》（*The Fire Next Time*）等巔峰之作奠定了他的文學地位，安吉羅出版了幾部劇本但仍未有成名之作。在鮑德溫的鼓勵下，安吉羅試著將她幼年在實行種族隔離制度（Jim Crow Law）的阿肯色州長大的親身經歷書寫成章，這本名為《我知道籠中鳥為何歌唱》（*I Know Why the Caged Bird Sings*）的自傳在一九六九年出版，自此成為歷久不衰的暢銷書，也讓安吉羅躋身重要黑人作家之列。

　　安吉羅在《我知道籠中鳥為何歌唱》中描述她與哥哥在她年僅三歲時，被情感不睦的父母從加州送到阿肯色州一個叫史坦普（Stamp）的小鎮由祖母及叔叔撫養，這個被父母拋棄的經驗讓安吉羅在童年期間不斷懷疑自己的價值。當時的阿肯色州實施種族隔離制度，安吉羅的祖母雖然因為在鎮上開了一間雜貨店家境小康，但他們的膚色仍使他們遭受鎮內貧窮白人族群的不斷騷擾與歧視，年幼的安吉羅在這樣

黑之華

從美國一九六〇年代的種族民權運動，到二十一世紀的「黑人的命也是命」民權運動，黑白種族問題一直是美國社會中難以化解的難局。當膚色成為社會歧視結構的決定因素，它就也成為制約非裔人民生命中各個面向的強制力、及社會看待與反照非裔美人的濾鏡。即便輿論風向漸趨民主寬容，長年以來以膚色為基準的根深社會結構，仍是非裔美人在這個國家難以逃脫或翻轉的框架。這個不正義當然是非裔美國籍作家作品中不斷處理的主題。從位處一九六〇年代種族民權運動中心的詹姆斯‧鮑德溫（James Baldwin）開始，到影響力甚巨的長青作家愛麗絲‧沃克（Alice Walker），到二十一世紀的年輕非裔美籍作家如茲姿‧派克（ZZ Parker）等，他們的

作品如何刻劃他們所處時代的種族關係與非裔自我身分認同，又如何回應了從六〇年代種族平權覺醒以降的動盪歷史？由六位非裔美籍作家的數篇短篇小說，我們將勾勒出這半世紀以來的黑人文學圖像，並探索美國這個國家落實種族正義的可能與不可能。

的社會結構下更強化了自己的不足與不值。

　　八歲時，安吉羅和哥哥被送到密蘇里州的聖路易市與母親同住，沒想到安吉羅卻被母親的男友性侵。後來她說出加害者的姓名卻讓他慘遭報復身亡，八歲的安吉羅從此認為她說出的話會殺人，其後長達五年的時間不再說話。拒絕說話的安吉羅與哥哥又被送回南方阿肯色州祖母家，在那裡她結識了史坦普鎮上那位「黑人貴族」——優雅、富裕、受過教育、又常敢大膽穿著鮮豔花色的馥珞太太（Mr. Bertha Flowers）。馥珞太太主動接觸安吉羅，並鼓勵她接觸書本，在馥珞太太的注視及書本的撫慰下，安吉羅開始拾起生命中的破碎，重新建立與認定自我的價值。

　　逐漸建立自信的安吉羅回到加州求學，雖然舊金山仍舊充滿了種族隔離的氛圍——她在高中的第一學期時學校裡只有三個黑人——但此時的安吉羅已經開始經歷身分認同的覺醒。種族隔離的事實不再讓她懷疑自己，而是懷疑系統的運作；身處她格格不入的白人群體中，安吉羅不再恥於自己的膚色，反而驕傲於她的不同。離開了種族歧視的南方，安吉羅活過了那個嚴重歧視黑人的小鎮，她帶著存活者的決心，學跳舞學戲劇，像是脫離牢籠的鳥兒般展翅高飛。

　　《我知道籠中鳥為何歌唱》是安吉羅的第一本自傳，敘事時間結束於安吉羅十七歲那年。終其安吉羅的一生，她出版了七本自傳。雖然安吉羅同時也寫詩、寫劇本、以及兩篇短篇小說，但自傳體是最能定義她文學影響力的文體。自傳體同時也是黑人文學中最重要的傳統，因為在被奴役期間，識字及書寫在奴役制度中代表了覺醒及反抗的可能，黑奴雇主通常斷絕黑奴識字的能力，而沒有識字及書寫的能力也就使這個族群失去任何創造文學的機會，因此比起任何文學文體，在南北戰爭前後開始出現的黑奴敘事（Slave Narratives）更代表了一個族群從文字獲得自由、建立自我的重要轉捩點，自傳體的黑奴敘事也成了美國黑人文學的起點。在北方廢奴主義者的鼓勵及支持下，

胡培菱
美國羅格斯（Rutgers）大學美國文學博士。於大學任教、於媒體寫文。專論當代美國文學與文化。現定居美國。

幾位幸運從奴役黑奴的南方逃到北方、並能識字書寫的前黑奴，開始在十九世紀中，蓄奴制度受到爭議及檢視的高峰，將自己被奴役經驗寫成自傳出版在廢奴團體中流傳，當時最暢銷、影響力最大的幾本黑奴敘事包括了一八四五年出版自傳的美國知名廢奴領袖前黑奴弗瑞德里克・道格拉斯（Frederick Douglass）、一八四七年出版自傳的威廉・威爾斯・布朗（William Wells Brown）、以及在一八六〇年第一位出版自傳的前女黑奴哈麗葉・雅各斯（Harriet Jacobs）。

安吉羅自己也曾在訪談中說過，她書寫自傳體是沿襲從弗瑞德里克・道格拉斯以降一脈相傳的黑人文學傳統，她精準地指出在這樣的自傳體傳統中，書寫者總是「用第一人稱單數來講述第三人稱複數的故事」。從十九世紀中期的黑奴敘事到二十世紀中期黑人平權運動中所激盪出來的文學，都是在其文學作品中揉和了個人與歷史，對於黑人作家來說，他們的文學生於抗爭，而抗爭的歷史也就是他們的文學，因此鮑德溫的第一部小說學者稱「半自傳小說」、而他最著名的散文集是採用書信體的架構，也因此安吉羅的自傳，也有學者稱「自傳小說」（autobiographical fiction），甚至到近期著名黑人作家塔納哈希・科茨（Ta-Nehisi Coates）的作品中都還看得見諸多這些黑人文學傳統——他最著名的《在世界與我之間》（*Between the World and Me*）採用的也是書信體，近期剛出版的《我們當權八年》（*We Were Eight Years in Power*）雖然是散文集，但也同時是歐巴馬政府執政八年加上科茨在那八年中心路輾轉的歷史傳記，美國版的封面仿照了當年弗瑞德里克・道格拉斯的自傳封面，延續書寫並記錄歷史這樣的黑人文學傳統。這些例子都在在顯示黑人文學中個人與歷史、創作與政治緊密相連的特色，這是一個永遠在辯證著身分認同與歷史包袱的文學。

但是二十世紀中期崛起的安吉羅，除了遵循批判歷史、爭取黑權這個傳統之外，還有另一個重要的貢獻——她在面對歷史之中，同時強調了一個走向未來的「能動力」（agency）。如果說鮑德溫是沉重的，

時時意識著壓垮黑人脊背的制度面，安吉羅則是用強韌自信，強調黑人絕對能揮刀砍出一條生存之路。或許我們也可以說，安吉羅的正面與成功的人生故事，帶給了黑人族群那個往往被沉重給妥協了的「能動力」，她不相信有一種壓抑能徹底摧毀向上爬升的動能，她認為批判也該同時帶來隨時能捲土重來的強韌（resilience）。因此《我知道籠中鳥為何歌唱》不是一個沒有出口的故事，而是一個女孩從被歧視、被性侵，但還能從廢墟中浴火重生的故事。安吉羅沒有被種族及性別的暴力擊倒，找回聲音的她反而對自己的身分認同更加深信不疑，她總是身著鮮豔，她積極投入六〇年代的平權運動，她成為暢銷作家，並源源不斷持續各種文類的創作，一九九三年她並為同樣來自阿肯色州的柯林頓總統書寫新詩〈早晨的脈動〉（On the Pulse of Morning），以相容共榮為主題，隨後在總統就職典禮上朗讀這首詩作，成為美國歷史上第二位為總統就職創作並朗讀詩作的作家。這些成就讓我們看到安吉羅不斷自我創造的能力，她是黑人文人史上最無所畏懼的變色龍。

　　因此安吉羅不止用文字及她的生命故事記錄了黑人的歷史，也同時救贖了黑人歷史，把改變的力量重新交回了黑人的手中。就像她短篇故事《一路往北》（Keep Going Up）中所描述的情節一樣：一個至善至忠、品行良好、奉公守法的黑人男性羅伯特，從南方的密西西比州搭公車前往北方的辛辛那提去探望病倒的妹妹，中途下車小解時羅伯特在男廁裡遇到了同公車的兩個白人男性，他們用語言汙辱他，指稱他這個黑人一定是想去北方染指白人女人，甚至還逼他喝酒。羅伯特不想錯過公車，決定他不要再隱忍屈辱，於是拿起酒瓶往白人頭上猛敲，就迅速跑回正要駛離的公車，丟下了無法在歷史中進步的白人歧視者，趕上那段繼續往北的旅程。原文中的「up」，是往上、是往北、往自由、往解放、往黑之華的綻放，因此這趟公車旅程也就是黑人解放歷史的縮影，沒有人能預測未來，消除了這兩個白人，羅伯特或許會在北上路程中遇到更多的險阻，但是這個被壓抑族群要尋求正義及

解放，就只能不斷往北、不斷往上、不斷讓自己的美與善綻放，不要讓自己的自大或自卑錯過了時代的公車。

　　所以對於安吉羅來說，救贖及改變歷史的責任有部分是掌握在黑人族群的手中，她故事裡的羅伯特積極向上、照顧家人、尊重長者，並且為了探望妹妹而不辭遠行，這是安吉羅對於黑人族群的期許，也是安吉羅疾呼黑人啟動能動性的地方。她經常在演講及訪談中鞭策黑人的年輕世代，她常呼籲年輕一代別忘了，要有多少他們的祖先忍辱站上黑奴拍賣會被拍賣、要有多少祖先逃過被凌遲剝削致死的深淵，才能換來一代又一代的黑人族群站在這裡，他們豈能不努力地活著？豈能不視綻放黑人光彩為己任？

　　安吉羅在一九七八年出版過一首最能描繪這種希望與自信的詩，〈我始終不息〉（Still I Rise）：（下為摘譯）

你可以在歷史中汙蔑我	You may write me down in history
用你尖酸、扭曲的謊言	With your bitter, twisted lies,
你可以把我踹進汙泥中	You may trod me in the very dirt
但始終，就像塵埃一樣，我會飄揚。	But still, like dust, I'll rise.
你可以用你的言語射殺我，	You may shoot me with your words,
你可以用你的眼神切開我，	You may cut me with your eyes,
你可以用你的恨意殺了我，	You may kill me with your hatefulness,
但始終，就像空氣一樣，我會不息。	But still, like air, I'll rise.
拋卻恐懼與害怕的黑夜	Leaving behind nights of terror and fear
我打直身軀	I rise
在極度澄徹破曉之際	Into a daybreak that's wondrously clear
我等待躍起	I rise

帶著我的祖先給我的天賦，	Bringing the gifts that my ancestors gave,
我是奴役之人的夢與希望。	I am the dream and the hope of the slave.
我是挺立的	I rise
我是昂揚的	I rise
我是不滅的。	I rise.

　　時至二十一世紀，種族平權運動仍是未竟之業，白人至上的社會結構仍難以改變。重讀安吉羅讓我們回溫懷抱重生希望與擁抱種族身分的澎湃激昂，或許在平權上的挫敗與停滯不免讓人對於這種希望的論述多了一份憤世嫉俗，但至少安吉羅有一點是對的，我們或許不見得能高升，歷史的軌跡或許也並不會逐漸趨向正義，但是身為歷史中的我們，沒有別的走法，只能一路往北。

陳雪的鴛鴦蝴蝶派電影

徐明瀚

　　一九二〇年代初期，中國有一支文學流派被稱之為鴛鴦蝴蝶派，其該派的核心人物周瘦鵑、包天笑、張恨水等人（包括後來的張愛玲），除了寫小說，還寫電影劇本、拍電影，且被後世研究者視為是華語現代電影的濫觴。本文取其著稱的風格、題材與字面意義，來談在同時期還有往後的小說家與電影創作者，如何在敘述手法、鏡頭語言與核心關注中，有著和鴛鴦蝴蝶派一樣的特質：那就是基於「愛情先驗」（love a priori）的「流水帳寫法」（superfluous words in writing）。這種特質在最早期，有法國的福婁拜，在最當代，有臺灣的陳雪。

　　福婁拜的小說若拍成一部電影，他的電影愛情場景（或說情感教育現場）中男男女女（這裡面有多種組合）角色間動情的故事並不發生在相遇、相知、相惜、相親、相愛的那種「人與人」互通「感情」（affections）的空間性場景，反而是「人與物」甚至是「物與物」由特定一端激起「情動力」（affect）的時刻性場景。在這個意義上，我們可以擴大臺灣同志文學史家紀大偉說「對同性心動者」所定義的那股「心動」，並將之視推向一種更為滿溢之affect狀態的前哨。所謂「心動」，正跟affect最早被翻譯為「感動」、「感染」、「影響」的那種心靈上的被觸發有關，而後來affect被翻譯成「情動力」，則是取用那種類似於感情（affection）卻又比感情更為徹底的動心，而且不完全是人的身體性的，還囊括了時空中的許多細微變化。

　　這種藉由纖毫華現的徹底動心，也就是福婁拜在這些小說大作中開啟的獨特文學寫法，在福婁拜多數小說中，愛情的發生學場景，總是跟一些微乎其微、甚至莫名其妙的時刻有關，如《包法利夫人》中

小說家的電影史（事）

每個華語文學作家，都有自己的電影知識集，藉由爬梳歷來他們曾援用的古今中外電影典故，來擴大或趨近他們要談的辯證意象或生命近況。其中，駱以軍與顏忠賢的影像用典，歷歷在目；陳雪與胡淑雯則有自我戲劇化的潛力；黃崇凱從非虛構的影像歷史轉進為虛構態勢；童偉格則滿是無盡的電影感。本專欄將檢視這樣的文學運用電影的隱喻（／影像喻說），究竟是轉開了話題？抑或是轉進了某些深邃的潛力，從故事、歷史形成事件，從而別開生面。

徐明瀚

電影與藝術評論人，曾任《Fa電影欣賞》執行主編，現任《國影本事》主編。交通大學社會與文化研究所畢業，現為臺北藝術大學美術系博士生，編過許多書、策劃過多檔影展，研究領域坐落在當代歐陸哲學、東亞美學現代性與華語獨立影片藝術之間。

夏何勒與艾瑪的會面：「她回座並從下端的白棉布開始，繼續原先的工作；她垂首工作，不發一語，夏何勒也不說話，氣流從門縫竄入，揚起一些塵埃落在平臺上；他看她孜孜不倦，只聽得到自己腦袋裡的聲響，還有遠處的雞鳴，在各個院子裡振振有聲。」（黃建宏譯）於是，愛情就來了，而且來得徹底，或者是說，愛情早就來了，這些細微的物事只是觸媒而已。而這便是法國哲學家洪席耶（Jacques Rancière）所說的「同一性模式，意即，在人與非人之間、統合兩人的情感提升將塵埃吹進同一農場房間的風，兩者之間的同一性模式」。以細節中的愛情見長，所有的細節、什物皆屬於同等位階，或說萬般皆下品，讀書寫字的文人也例外，這種齊物論式的同名寫作，去掉了唯名與唯實之辨，僅剩下人物、事物與物事的等而視之、親歷遍盡。只有某種不可測的外力，先是激起一點點漣漪，然後掀起波瀾，乃至於捲起了千堆雪。這樣乍看流水帳的寫法，絕非心如止水、波瀾不驚，而是有著某種內在的伏流與暗湧，直到真相大白、破空出盡才可名之，情到深處無怨尤。

這樣的「沉冤（／深愛）」或能「昭雪」的書寫，在文學和電影史上有其交會的，除了福婁拜原著不斷被改編的《包法利夫人》電影（或是《情感教育》或《薩朗波》）外，在文學改編的華語電影史中，也有不少作品曾有過此種「鴛鴦蝴蝶派電影」的哀情宿命：「卅六鴛鴦同命鳥，一雙蝴蝶可憐蟲」（語出十九世紀晚清魏子安小說《花月痕》詩句）」，以人在深愛之人前卑微地存在卻狂熱地執迷，人浮於世，卻總物哀，萬物以低限平等而保有基本尊嚴地活著。一個是茨威格（Stefan Zweig）《一位陌生女子的來信》的相關改編電影，一個是許鞍華對張愛玲《半生緣》的改編，另一個則是麥婉欣改編陳雪《蝴蝶》書中短篇小說的同名電影。法國哲學家洪席耶甚至認為，在一八九五年電影發明以前，福婁拜就已經發明了「電影」，而其關鍵就在於福婁拜發展了詞與詞之間，乃至於詞與物之間的某種同性。是先有福婁拜小說場景，才有對

電影的想像，所有改編自茨威格、張愛玲、陳雪小說的電影，也可同
等作如是觀。

一、門縫吹進冷風：茨威格《一位陌生女子的來信》電影改編的無邊
　　孤絕

　　情到深處無怨尤的作品，恐怕非奧地利那位具心理分析傾向之小
說家茨威格的〈一位陌生女子的來信〉莫屬，一九二二年他寫下了這
驚世駭俗的短篇小說，後世影響甚鉅，光是中文世界的譯本高達五個
版本以上（我手邊的是沉櫻版），而電影更被改編過多次，一九四八
年德國大導演馬克歐佛斯（Max Ophüls）拍過珍芳達主演的版本，
一九七四年臺灣林鳳嬌的首部大銀幕作品也是來自於此，二○○四年
徐靜蕾更自導自演，演起了一輩子隱起自身、單戀著某位男作家（姜
文飾演）的癡情女子。

　　小說中的隱姓埋名，從開始發出的匿名信件，到青少女時期對自
家門縫外對門男作家住所風吹草動的偷窺，到每逢作家生日收到的匿
名白玫瑰花，乃至於一輩子女子數度被男作家在歡愛之後的遺忘，還
有那連著四十六頁都是信件內容，一字一句呈現著卑微卻又全然付出
的愛，讀者都歷歷在目。所有的情事與物事，都寂寂無名，此般卑微
的存在，此般流水帳般的回憶與記敘，傾訴看似挾帶怨恨，但女子信
中寫說：「你不用害怕，已經死去的人是不要求什麼的。」換言之，當
男作家讀這封信時，他的孩子死了，這位神隱的情人也死了。「我愛
你，但與你無關」這是小說中沒能說出的，昭雪的不是沉冤，而是最
為獨特且深沉的愛戀。

　　在雪夜，無論是歐佛斯版，或徐靜蕾版李屏賓攝影的黑白影像透
著冷冽的光，襯顯著每次深冬大雪中的趕路，每種在門縫冷風中的折
磨，在這個時候，愛人的人／被愛的人、寫信的人／讀信的人、瑣碎
之記事、故事與物事，都被洪席耶說的「同一性模式」所吹拂和席捲，

隆冬廣袤無邊夜晚的視線所及，皆是即將熄滅的感情與熱望。

二、撿回紅手套：張愛玲與許鞍華《半生緣》的同命鴛鴦

大多人可能都會因為張愛玲寫過《紅樓夢魘》研究專著和親筆翻譯過《海上花列傳》，而以為張愛玲只受晚清文學所影響，其實，張愛玲曾自言早年都看一九二〇年代的鴛鴦蝴蝶派小說，尤其是張恨水的小說，另外看的就是上海新感覺派的穆時英作品。但張愛玲在還沒有好好發展出如〈色戒〉那樣的新感覺派文學蒙太奇寫法之前，張愛玲的小說還是比較接近鴛鴦蝴蝶派的流水帳，整本《半生緣》，前身不也就是十八個傷春悲秋的《十八春》。

全本看似與鴛鴦蝴蝶派一樣的流水帳寫法、愛情做為先決條件之外，可是張愛玲卻不只如此，她更像是福婁拜，不僅在乎長物（superfluous things）與感情（affection）的方方面面，更在於激發出情動力（affect）的時時刻刻，甚至以年為計，更甚至無法計算、無法衡量。在長篇小說《半生緣》曼楨道：「世鈞，我們回不去了。」這句話總像是一股大風，把所有讀過的讀者都吹到時間的盡頭處，也就是時間不再能計量的地步。即便是會在愛情中低到塵埃裡的大作家，也懂得愛情在不可逆的時間中，懂得讓小說中的角色們理解到事態的決絕與世事的蒼涼。

這時候許鞍華改編《半生緣》的電影變得比較溫情，正如李安改編張愛玲〈色戒〉時在電影片尾加了梁朝偉飾演的丁默邨，走進王佳芝（湯唯飾）的房裡撫摩著床沿影子的溫情那樣。原本《半生緣》張愛玲版本的結局，是另一組男女叔惠與翠芝，也有著如曼楨與世鈞那樣「回不去了」的寫照，然後小說就此結束。但是許鞍華卻把小說開篇寫道的世鈞跑回春寒的森林中，去尋找曼楨遺落的那只紅絨線手套，當成了電影的結尾。我們知道，這個被從遠處拾回的手套是曼楨發現世鈞對她有情意的起點，也是十八春的起點，而這個起點，卻成為了電影的

終點。彷彿在說，即便無法「執子之手，與子偕老」，但手套（glove），無論是從影像上或字面上，也都是某種愛情的明證。手套可以從春暖乍寒的深夜地上撿起，但愛情時則仍然是一段無法尋回的時光。

三、不能飛的記號：陳雪與麥婉欣《蝴蝶》的同名可憐蟲

陳雪的短篇小說〈蝴蝶的記號〉（收錄於《夢遊1994》，後重版改名《蝴蝶》）二〇〇四年被香港導演麥婉欣改編拍攝成同名電影《蝴蝶》。同志文學作家與研究者紀大偉說看陳雪的小說：「是需要讀者的默契：陳雪寫出幾片碎片，而讀者進行『腦補』。近日我重讀《夢遊1994》，就深覺『腦補』的必要：這本小說集的諸多角落並沒寫完、沒寫全，可能是陳雪當時寫起來太痛，或她還沒有找到適當的小說語言。」這裡所說的「腦補」，很類似於斯賓諾莎說「情動力」（affect）一詞的起源形態：「動力」（conatus），也就是啟動知性進行補充的機制。

麥婉欣改編時，新增了香港學生抗議六四天安門事件戕害人權的故事橋段，加強了情愛與社會的關係與張力。在婁燁二〇〇六年拍出世界著名的《頤和園》之前，其實已經有此部二〇〇四年的《蝴蝶》和二〇〇一年關錦鵬導演的《藍宇》與唐曉白導演的《動詞變位》。在這些電影裡，愛人同志、革命同志、同志愛在語境上常常不加細分，以一端翩翩起舞蝴蝶身姿，靜悄悄地，愛情來了，又悄悄地，暗合了另一端大同世界的感性風暴。

陳雪在多部小說中，角色們都在電影裡發展他們的愛情關係，並建構他們對社會階級的認識、對世界的感知，如《春光乍洩》、《藍宇》、《金枝玉葉》、《洪興十三妹》、《我的母親》乃至於《蝴蝶》小說中女主角小蝶前女友真真看過的高達電影。甚至發現自身對愛情的強烈程度的內在需求，如《新橋戀人》、《巴黎野玫瑰》。

在陳雪近年的長篇小說《摩天大樓》的那種個體原子論的空間，如何逐漸展開新的維度，是啟發自王家衛導演的電影《重慶森林》，

但陳雪又將之無限擴延，不僅筆觸彷若親歷遍盡了故事中每個環繞在鍾美寶周圍的人的生命過程，更重要的每個陳雪筆下的人物都在作家內心有個不可或缺的一部分，每一次的分割都只是再一次的回返。陳雪曾提到菲利浦·考夫曼導演的《第三情》（港譯：《情迷六月花》），讓她寫出了代表作品〈尋找天使遺失的翅膀〉，我在想，與其說這部電影是在講述美國情色文學家亨利·米勒如何情陷於他的謬思女神的故事，不如說是他筆下的女性如何無辜地闖入了他浪蕩不羈的生活世界之中，那麼，陳雪筆下的這些角色，又闖入了作家心靈世界的多少深處呢？

如果說中國作家魯迅、葡萄牙詩人佩索亞都是以「異名者」（heteronyms）的概念式人物（conceptual personae）書寫下去，那麼陳雪則總是以趨近「同名者」（synonyms）的方式逐漸自居，從惡女、臺妹、戀愛教主，甚至穿透到作家筆下的人物，然後一步一步朝向作家自己的名字，陳雪。同名，意指相同的名字，同名專輯，即是用歌手的名字當作專輯名稱，在文學史上，有個著名的公案，那就是福婁拜的《包法利夫人》，雖然福婁拜本人沒有以自己的本名做為小說名稱，但他卻在創作完該小說後說過一句：「我就是包法利夫人。」生理男的小說家，自言為夫人，在那個民風保守的年代「駭人聽聞」，用今日臺灣政客的話術說法則是「毛骨悚然」。然而，Homo，在英文俗語裡是「同性」的意思，但此語總帶著貶抑味道，然而，在拉丁文裡，Homo則正正當當地就是「人」的意思。那我們可能要問，人生而平等，平平都是人，為何到了同性之人就會成為貶抑詞？莎士比亞曾反問示意過：玫瑰若不叫玫瑰仍一樣芬芳，那麼 Homo 與 Homo 明明都是同名，為何卻不一樣芬芳？同名與同性的解讀，首先就在於人與人的同一性模式。

要能理解陳雪，則必須進行這樣的腦補工程，但這並非是將作家筆下的人物僅僅理解為作家本人，總有對號入座窺私的成分，這種對

號到頭來正會形成這既不是那又不是的客體反諷；相反的，這項工程則是將作家理解為他可以融入成任何一個角色，而這些角色卻又是作家生命的闖入者，且每每帶有命中注定的成分，無論是卑微的身家或是不堪的往昔造成的命運，或是由愛情展望未來時的宿命感，這是為什麼鴛鴦蝴蝶派的同命感與可被憐惜，總在陳雪小說中當愛情發生時被先驗地確認下來。

再者，這致使即便愛情的發生學場景總是在一個幾乎是生活轉場流水帳情境中展開，她們瞬時出現，愛上她們的人（故事人物或是作家）仍會怦然心動，並仍總會自動腦補場景中違和的畫面自動補正。如〈蝴蝶的記號〉阿葉在超市中匆忙地忘了付帳而蝴蝶幫忙付，蝴蝶便會心想：阿葉「怎麼看都不像會在超市偷吃東西，到像是爸爸是律師或醫生，住在透天別墅，零用錢花不完那種孩子。」或是，《摩天大樓》鍾美寶總是在局促的時空悄然出場，如鍾美寶在黃浩武眼前出現時是在店門口掃地（掃的還是狗屎），但「外頭熱得要死，可是你覺得有陣微風吹過來了」，這種例子在她眾多情人的視野之中，總能被時空的微細元素被導正過來。甚至可以更視覺細節地這麼說，若是只要讀到陳雪小說中，有個女孩，身穿白衣藍褲，紮著馬尾，一派輕鬆地出現，你可以預期，愛情應該來了，即便那是在一個場面相對不堪，而需編織進情動力的故事情境之中。

巴赫曼與策蘭：在異邦的詩人

蔡慶樺

情／書

某種意義上班雅明寫過這個專欄。他被納粹放逐到瑞士時，擇選、引介、評論了二十五封德語區文人的書信，編為《德意志人》一書，盼從這些書信往來中萃取出抵抗暴政的德國文化力量，可見書信是如何重要的文類。這個專欄談的也是書信，也是德意志人。我們一起細讀那些信吧，讀那些德意志人的生命、那些德意志人的情與書。

心的時光

去年，一部奇特的奧地利電影《被夢見者》（*Die Geträumten*）上映，敘述一段歐洲文學史的祕密之愛。兩位演員分別飾演兩位詩人：保羅・策蘭（Paul Celan）與英格葆・巴赫曼（Ingeborg Bachmann）。他們讀著詩人的通信集，讀著兩人在信中的愛與恨的話語，可是他們也不僅僅飾演詩人，時而回到自己的角色，擱下書信，抽著菸，彈奏音樂，從那些文字裡思考自己的處境，談論他們自己的愛與恨。

這部電影的特殊在於，不屬於任何類型，導演抽去了電影裡的各種元素，讓整部影片只留下詩，用讀的方式呈現詩，也讓演員說出他們讀這些文字的感受，以及自己的生命經驗。演員演出兩個詩人，可是又以讀者的身分對談，也帶入自己的生命經驗。在這樣簡單的演出形式裡，觀眾讀到了一段維繫了約二十年的，在憤怒、愛戀、背叛、逃避與沉默中發生的，幾乎不可能成立的愛情故事：這一段時間他們都各自有對象，巴赫曼是一個納粹的女兒，策蘭雙親卻死於集中營。

飾演巴赫曼的音樂人普拉許克（Anja Plaschg）緩緩讀著信中的一句：「我愛你，但我不願愛你（Ich liebe dich, aber ich will dich nicht lieben）。」從這句帶著怨懟的愛語，可以讀出巴赫曼在何等的壓力下維繫著這場艱困的愛。讀著讀著，普拉許克加入了情緒極為激動的時刻，淚水噙在眼中。

普拉許克的情緒波動，是因為這確實是一場令人受苦的愛。那場愛情，多年來在文學界早非祕密，兩人之愛如何影響彼此詩作也是文學研究者喜愛探索內容，但其中錯綜關係未明，文學界努力多年，想

從通信中釐清兩人往來線索以及如何理解並呼應對方詩作。策蘭寫給巴赫曼的信藏於維也納的奧地利國家圖書館，巴赫曼寫給策蘭的信藏於馬爾巴赫（Marbach）的德意志文獻檔案館，一般讀者本無緣窺見，直到二○○八年其通信集《心的時光》（Herzzeit）出版後，戰後日爾曼文學最重要的兩位詩人如何互相影響，才被完整地呈現出來。

一九四八年，二十二歲的大學生巴赫曼，在維也納認識了二十七歲的策蘭。巴赫曼於一九二六年出生於奧地利的教師家庭中，一九四四年高中畢業，終戰後在維也納等各大學讀哲學、日爾曼文學與心理學，一九五○年完成一本研究海德格哲學的博士論文。巴赫曼雖然研究哲學出身，但卻以天才詩人姿態出道。一九五二年在舉辦於美茵茲的德國文學社團四七社（Gruppe 47）集會裡，她在眾多男性作家中極為搶眼，她的金髮，她朗誦詩歌的輕聲語調，她從海德格、維根斯坦等哲學傳統發展出來的評論方式，使她占據了媒體焦點。當時的評論家多稱這是一位有高度智性的作者。此後，她以作家、詩人、劇作家身分活躍於歐洲各國，一生獲獎無數，包括奧地利最重要的文學獎項，大奧地利國家文學獎（Großer Österreichischer Staatspreis für Literatur）。

在巴赫曼仍處於文學探索的習藝時期時，這個來自東歐布科維納（Bukowina）地區的猶太流亡詩人，已寫了知名的探索大屠殺深淵之詩〈死亡賦格〉（Todesfuge），名句「死亡是來自德國的大師」（Der Tod ist ein Meister aus Deutschland）傳誦歐洲。策蘭其詩幽暗，其人又激情，巴赫曼一遇見這個從地獄歸來的親見死亡的詩人，其情感生命與文學生命從此與他緊緊黏纏。

兩人以什麼樣的方式往來？瓊·波拉克（Jean Bollack），法國希臘詩歌學者、也是策蘭研究專家及策蘭的好友，在《反詩的詩：策蘭與文學》（Dichtung wider Dichtung: Paul Celan und die Literatur）中，認為兩人的愛情是成立在這樣的不對等關係上，一個「協約」：「妳順從我，

蔡慶樺

閱讀者及寫作者，思考的資源來自日爾曼語言、思想、文化、歷史、文學。

我便教妳如何作詩。」這個順從，是分擔策蘭的「陌異」（Fremdheit），他以決絕姿態與世界分離後生出的陌異，來到維也納後尋得一位共同承擔的女子；這個順從也是巴赫曼以禁忌者姿態（來自大屠殺發生之處的受難者如何面對第三帝國的子民？），以一種矛盾力量（使用德文這謀殺者的語言）協助策蘭跨過死亡之幽谷。他們的情感是一種結盟（Bündnis），一種詩人的共同創作、共同存有（einem dichterischen Zusammensein）。

波拉克從策蘭生平及詩作分析而得出的這個判斷，在文學界引來高度爭議，巴赫曼竟只是共同承擔策蘭的陰暗的一位詩之學徒嗎？在《心的時光》出版後，更多閱讀材料問世，我們終於能在這段黑暗中的情感，窺見更多兩人的關係。

兩人的關係確非對等——可有哪一段愛情中真有全然對等的雙方嗎？一但卻非單方面的誰傷害誰或順從誰，而是兩個敏感的文學者，在不同時間以不同方式對這段感情抱持猶疑，最終錯過了彼此。閱讀早年通信，最能察覺到年輕女詩人在愛情中的不安、徬徨、甚至痛苦。一九四八年六月，策蘭離開了維也納，遷居巴黎，那年的耶誕夜巴赫曼提筆寫給策蘭第一封信。寫如何思念著策蘭，並抱怨：「三個月前有人贈我你的詩集。我不知道詩集已經出版了。這真是……，我感到天旋地轉，我的手不停地微微抖著。」「我一直都還不能確知，這個春天時發生的事，對我來說有何意義，你知道的，我向來一直希望什麼都能確切地知道。那些詩，那些我們一起共同作的詩。」

這封後來並未寄出的信，已經可以讀到巴赫曼的痛苦。而策蘭顯未回應她的情感，一九四九年四月，巴赫曼再次寫信提及她的複雜情緒：「秋天時，朋友們贈我你的詩集，那是一個令人哀傷的時刻，因為你的作品從陌生人而來，而你未發一語。可是閱讀詩集中的每一行，都彌補了我的哀傷。」兩個月後，她再次從一個友人處得到了策蘭新的作品，她寫了一封最終未寄出的信：「我幾乎無法承受，你的詩要

以這樣的迂迴方式來到我手中。我請求你，不要再允許這樣的事發生。應該也為我保留一個特別的位置吧。」

對於策蘭離開維也納去巴黎尋求文學舞臺，巴赫曼原無法理解，後來的信件裡才說，「今日我已能瞭解你去巴黎的決定」。她想去巴黎與策蘭重聚，可是猶豫不定，她是愛著策蘭的，可是策蘭是否能回應她的愛？一九四九年六月二十四日，她這麼寫著：「出乎我意料的，你的卡片今日正好飛抵，抵達我內心深處。是的，正是如此：我愛著你，當時，我卻沒有告訴你。……有時候覺得，我唯一希望的事情，就是離開這裡，去巴黎，感受你如何觸摸我的雙手，你如何以滿滿的花束觸及我。可是這麼想之後，我卻又不再能確定，你從何處來，又將往何處去。」

博士畢業後，巴赫曼計劃申請獎學金出國研究，在信裡她告訴策蘭，猶豫是否應該去美國或者巴黎──她的心裡當然是巴黎，只是不能確定，策蘭是否樂見她的到來。那封六月的信結尾，她說：「八月中我想去巴黎停留幾天，不要問我原因及目的，只要在我身邊，一個晚上、兩個或三個晚上都好。帶著我在塞納河畔，讓我們一直凝視，直到我們都變成小魚，再次辨認出彼此。」

策蘭於八月回信，表示期待見面。但巴赫曼終究沒有來。策蘭在八月二十日寫信表達失望，他解釋兩人相識後，他極少回信，是因為「我不知道妳如何看待維也納那短短幾週發生的事」，也許他們兩人都刻意避開彼此原來應該相遇之處──策蘭以其沉默避開，巴赫曼則避開了巴黎。另外，策蘭也解釋，為什麼巴赫曼提及在去美國或巴黎一事舉棋不定時，他未發一語。其實她何曾猶豫？她只是需要一個來自戀人的暗示，策蘭卻終未給出這個訊號。他寫道：一切巨大的決定，都需要自己做成。他當然期待巴赫曼來巴黎，但是，「我告訴自己，如果在這座城市生活，在這座我也在的城市生活，對妳有某種程度的意義──而在這件事上一定超出某種程度吧──妳就不會問我的意

見，而應當是反過來才是。」

「英格葆啊，妳離我有多近，或者離我多遠呢？告訴我，那麼我就能知道，倘我此刻吻妳，妳是否將閉上眼睛。」策蘭這麼感嘆著。

未完成的交響曲

為什麼策蘭不知巴赫曼離他是近是遠？為什麼這麼相愛的兩人始終避開彼此？為什麼他們只在祕密中互訴愛意？為什麼策蘭問，不知巴赫曼如何看待維也納發生的事？因為兩人之間的愛，是相互折磨的愛。

一九四八年五月兩人相識時，第一眼見面便愛上對方。五月二十日寫給父母的信裡，巴赫曼說起這位詩人已愛著她，「我的房間現在是罌粟花田，他以罌粟花填滿了我房間。」然而，在認識策蘭以前，巴赫曼已於一九四七年的維也納，認識了另一位奧地利重要的文學者，大了她十八歲的漢斯・維格爾（Hans Weigel）。

維格爾戰前受納粹迫害離開奧地利，戰後返回維也納，成為重要的作家及評論家，被稱為奧地利的文學教宗。當時的大學生巴赫曼去訪問他後，兩人立刻開始了一段愛情，直到一九五一年維格爾與一位演員結婚為止，那一年，他出版了小說《未完成的交響曲》（*Unvollendete Symphonie*），書中那位來自奧地利鄉間的年輕女藝術家，原型就是巴赫曼。而那部小說中，也有一位作詩的男子，維格爾形容為，「一頭狂野的黑羊，引來市民懼怕者，以絕對的姿態拒絕了一切既存物與被承認物，自身獨特的、任意的詩歌之創造者，他毫無顧忌地寫下那些詩歌，四處朗誦……他挑釁，並被視為其時代的構成者之一。」

這裡讀得出三個文學者之間的複雜關係，巴赫曼熱情地愛著破壞著的、挑釁著的流亡詩人，但也愛著導師一樣的維格爾。一九四九年八月，她寫信給策蘭，坦白告訴他，自從遇見他後，她仍與其他男人維持關係，「你當時希望我這麼做，而我也完成了你的願望……但一

切都未定下來，我從未在什麼關係中停留太久，我從未這麼躁動不安過⋯⋯」

一九五〇年十月，巴赫曼終於去了巴黎。九月時，策蘭寫信給她，告訴她自己多麼期待見她，而她回信表達些許不安，對於能在巴黎重逢，她同時有著巨大的欲望以及畏懼。畏懼，是因為不知道再見面後，這段感情將如何發展。不過即使如此，後來那些年，兩人仍時常見面，在策蘭的妻子吉賽兒（Gisèle Celan-Lestrange）知情下。

策蘭於一九五二年與巴黎插畫家吉賽兒結婚，此事給巴赫曼帶來相當大的痛苦，可是，吉賽兒又何嘗不痛苦？她所希望的只是「我不願你不快樂」，「你必須自由⋯⋯我也盼你自由」（在寫給策蘭的信裡）。

策蘭在德國各處出席各種文學出版活動時，常去見巴赫曼，一九五七年十一月五日，策蘭寫信告訴巴赫曼，他將去慕尼黑參加活動，並將去見她，停留三四天，「如妳還願意的話」。

「吉賽兒知道我想去找妳，她那麼堅強！

我將不會離開妳，不。」

吉賽兒確實堅強，《心的時光》也收錄了她與巴赫曼間的法文書信，她諒解策蘭與巴赫曼之間的感情，始終稱這個丈夫所愛的詩人「我親愛的英格葆」，並安慰巴赫曼說，這些年來她受苦了；這位妻子那麼愛著策蘭，時常面對策蘭的纖細脆弱不知所措，寫信給巴赫曼求助。策蘭晚年陷入半瘋狂狀態時，她也寫信給巴赫曼，詩人的兩位女人為詩人憂心不已。最後，策蘭兩次自殺未遂，加上他幻想著要效法亞伯拉罕（這位以色列人的祖先為了經受神的考驗擬獻祭自己的兒子以撒），吉賽兒為了孩子的安全無法再維持這段婚姻，離開了策蘭。

一九七〇年四月策蘭投入塞納河溺斃，吉賽兒寫信告訴巴赫曼這個噩耗。巴赫曼當時的《瑪麗娜》（Malina）自傳小說已經完稿，痛不欲生的她加入了這段話：「我的生命已到了盡頭了，因為他在解送過程中，於河中溺斃。他曾是我的生命，我愛他，比愛我自己的生命更多。」

　　一九七三年，她抽菸時睡著，燒了房子，雖被救出，但肺部發炎，幾個月後逝世，僅僅四十七歲。這個未完成的交響曲──每一位參與作曲的人都受苦──終於曲終人散。

在埃及

　　半瘋狂狀態中的策蘭以為自己是亞伯拉罕，已經道出了糾纏著詩人一生的難題：他的猶太身分，他的無家可歸，他的受苦。

　　二十二歲時的哲學女學生巴赫曼，彼時其文學才能尚未為世人所知。那位無國籍的猶太裔詩人，自身與其作品均帶著傷痛的、祕密的、難為人解的氣味，釋放了巴赫曼的情感，以及做為詩人所必須的敏感與痛苦。一九五九年她受邀在法蘭克福舉行「法蘭克福詩歌講座」（Frankfurter Poetikvorlesung）時，便提及了策蘭，定義詩歌為「來自痛苦經驗的運動」（Bewegung aus Leiderfahrung）。痛苦，定調了巴赫曼的書寫，而那正是策蘭帶給她的贈禮。

　　策蘭的痛苦可以理解，來自羅馬尼亞的德語猶太社群的他，雖能在集中營中倖存，但他的父母均為納粹所害。戰後，在東歐土地上所有德語社群幾乎都被迫離開家園，他也以「無家可歸之人」（displaced persons）身分於一九四七年流亡至維也納，在那裡認識了他的愛人，一位納粹黨員的女兒。

　　三天後，策蘭提筆為巴赫曼寫下第一首情詩〈在埃及〉（In Ägypten），也是《心的時光》中的第一封信。這首獻給巴赫曼二十二歲生日的詩裡，策蘭寫給異邦女子（die Fremde）。詩中，策蘭幾乎均以「你應當」（Du sollst）開始，語氣如同引領猶太人逃出埃及的摩西向以色列人頒布的十誡。最令人印象深刻的句子是：

Du sollst die Fremde neben dir am schönsten schmücken.
你應當以最美的東西妝扮身旁的異邦女子

Du sollst sie schmücken mit dem Schmerz um Ruth, um Mirjam und Noemi.

你應當以璐特、米莉安及諾艾米的痛楚妝扮她

　　璐特、米莉安及諾艾米均是猶太女子名字，埃及代表猶太人受壓迫處。在這首給巴赫曼的詩中，他期待著，異邦女子能夠理解猶太人的痛苦，他願以最美的東西妝扮她，但卻又必須以猶太女子都經受過的痛苦妝扮她。此處不能不思及波拉克的「協約」說，策蘭彷彿向巴赫曼邀約，妳願與我一同在埃及經驗猶太人的痛楚嗎？這是一種帶著無底深淵的愛。妳能與我一同縱身躍入那深淵嗎？

　　策蘭以這樣帶著整個民族宿命的悲觀沉重之詩，開啟了兩人的通信。近十年後的信裡，策蘭仍提及這首開始兩人關係的詩，他說：「想想〈在埃及〉吧，只要我讀這首詩，我便見到妳進入了詩中：妳是我生命的原因，因為妳讓我的言說得以合理，妳始終使我的言說合理。」而巴赫曼後偶爾以璐特‧克勒（Ruth Keller）之筆名寫作，豈不正是回應策蘭的呼喚？

　　巴赫曼真能回應策蘭的邀請嗎？閱讀策蘭一生書寫與生命，可以說這位經歷浩劫之詩人從未離開過那猶太人受苦之地——他的詩作於維也納，但他始終「在埃及」（他的詩從來就不是「出埃及」），這是他做為無家可歸之人真正的錯位。而巴赫曼，或者吉賽兒，從來沒能是他真正的家園。

　　義大利哲學家阿岡本（Giorgio Agamben）甫出版的探索文學之力量與神祕、猶太傳統與敘事、詩歌之關係的著作《敘事與火》（*Die Erzählung und das Feuer*），便收錄了一篇文章〈在埃及的逾越節〉（Ostern in Ägypten），分析策蘭的無家可歸。

　　阿岡本也閱讀了這本《心的時光》，書中收錄了一封策蘭於一九五九年四月十五日寫給瑞士作家弗里施（Max Frisch，也是與巴赫曼一同居

173

住在羅馬的男友）的信，他認為這是一封能夠讓讀者以全新方式定位策蘭之生命與詩的信。信中，策蘭說他不得不延後弗里施的邀請，因為他必須去倫敦與他的姑姑一起過猶太人的逾越節。策蘭這麼寫著：

「……我將在英國與我的親戚一同慶祝這個節日，雖然我無論如何並不記得，我曾離開過埃及。」

他將慶祝這個節日，雖然他並不記得曾離開過埃及。阿岡本認為這裡正是策蘭身處於其猶太身分中面對的悖論。他的同胞都承受了離散的命運（galut），但策蘭卻被留在了埃及，不曾跟著摩西離開受苦之地，到底他在埃及是囚徒、自由人或是奴隸？唯一能確定的只是，他未離開埃及，不認得其他的棲居之處；除了那個異鄉，他沒有其他家鄉。

阿岡本認為，只有在這個悖論下才能理解策蘭的祖國何謂。與策蘭來自同一個故鄉的畫家阿里卡（Avigdor Arikha），一樣是集中營倖存的猶太人，在以巴戰爭時，他勸策蘭一起為祖國以色列參戰，策蘭卻答道：「我的祖國是布科維納。」

阿里卡無法理解為什麼策蘭否認以色列為祖國，阿岡本卻認為，「一個留在埃及的人，耶路撒冷大衛城無法成為他的祖國」。策蘭即使一生漂泊，但其命運永遠是留在埃及，他未曾出埃及，始終在受苦的狀態中，沒有與猶太人社群共同的生命記憶，不曾被救贖。

然而他卻得慶祝出埃及的節日。

我們必須理解策蘭的詩是在這樣的情境下作成的：在埃及，在異鄉，卻又是他擺脫不去的宿命之家鄉。這就是他做為無家可歸之人的困境：他處在錯誤的位置或者被取走了其位置（displaced），他無法被定位（Atopie; Unverortbarkeit）。他受困在不曾離開的埃及，卻必須在此慶祝離開。（我不能不想，他其實也一直受困於奧許維茲，不曾離開。）

巴赫曼的短篇小說《到湖邊的三條路》（*Drei Wege zum See*）以這樣的句

子開始：「本故事的起源，是在場所地形學中（im Topographischen）……」。或者我們也可以將她與策蘭的愛情故事，理解為一種場所地形學。策蘭所有的詩都在書寫一種不可能的位置：不可能開始、但又不可能停止的離散。而就在這樣的困境與錯位中，才能理解為什麼他以一首〈在埃及〉獻給他的愛人，那位異邦女子。〈在埃及〉不正是策蘭沉默的呼救嗎？而巴赫曼不也處在這樣的錯位中嗎？她從未能認同與納粹政權走得太近的祖國；其詩作描述浩劫過後的人之宿命，「來自痛苦經驗的運動」；感情寄託對象幾乎都是猶太文人；她長年居住於國外，也死於羅馬。這個異邦女子，某種意義上陪著策蘭被留在了埃及。

　　策蘭死時，巴赫曼寫下了「……他在解送過程中，於河中溺斃」，解送一詞正點出了策蘭不由自己的離散，耶路撒冷非可寄託之祖國，他只能不斷被解送到集中營、到異鄉，最終投河結束自己的「倖存」。

　　策蘭的屍體在塞納河浮起那天，一九七〇年四月二十日，猶太逾越節開始。

字母LETTER：陳雪專輯

Dec. 2017 Vol.2

衛城出版編輯部策畫

編輯委員—陳蕙慧、丁名慶、楊凱麟、黃崇凱

總編輯—莊瑞琳

編輯—吳芳碩

企畫—甘彩蓉

封面設計 — 王小美

內頁版型 — 王小美、張瑜卿、丸同連合 studio

排版 — 丸同連合 studio

攝影—汪正翔

社長 — 郭重興

發行人兼出版總監—曾大福

出版—衛城出版

發行—遠足文化事業股份有限公司

地址—23141 新北市新店區民權路108-2號九樓

電話—02-22181417

傳真—02-86671065

客服專線—0800-221029

法律顧問—華洋法律事務所 蘇文生律師

製版—瑞豐電腦製版印刷股份有限公司

初版—2017年12月

定價—250元

預 告

字母LETTER Vol. 3 顏忠賢專輯
2018年2月

字母會
第二季 G—M 2018年1月
第三季 N—S 2018年5月
第四季 T—Z 2018年8月

國家圖書館出版品預行編目資料

字母LETTER：陳雪專輯／衛城出版編輯部策畫
—初版—新北市：衛城出版：遠足文化發行，
2017.12
　面；　公分（字母；8）
ISBN 978-986-95334-5-4(平裝)

1.世界文學 2. 文學評論 3. 文集

810.7　　　　　　　　　　106018687

字母會

FACEBOOK https://www.facebook.com/acropolisletter/

ACRO POLIS 衛城出版

EMAIL acropolis@bookrep.com.tw
FACEBOOK http://zh-tw.facebook.com/acropolispublish
填寫本書線上回函